Rumeurs d'Amérique

Alain Mabanckou

Rumeurs d'Amérique

PLON
www.plon.fr

92, avenue de France
75013 Paris
Tél. : 01 44 16 09 00
Fax : 01 44 16 09 01
www.plon.fr
www.lisez.com

Dépôt légal : août 2020
ISBN : 978-2-259-27856-0
Mise en pages : Nord Compo (Villeneuve-d'Ascq)

Chacun a son Amérique à soi,
et puis des morceaux d'une Amérique imaginaire
qu'on croit être là mais qu'on ne voit pas.

Andy Warhol.

Mon Amérique entre imaginaire et réel

J'ai emménagé dans le centre de Los Angeles depuis bientôt un an, et j'apprécie d'écrire ici, sur mon balcon, où j'ai reproduit une atmosphère tropicale grâce à toutes sortes de plantes en pots colorés.

C'est désormais une habitude. Au saut du lit, une tasse de thé Triple Leaf dans une main, un cahier à spirale dans l'autre, je m'installe sur mon perchoir pour griffonner, aussi longtemps que me le permet mon emploi du temps à l'université. L'espace exigu peut à peine contenir deux ou trois personnes. Pourtant je l'ai aménagé avec une attention particulière, un sens exagéré du détail dont se moquent mes amis.

Ce matin, face à mon cahier, et pour la première fois, j'ose ouvrir largement les portes de mon Amérique. La plupart de mes livres jusqu'alors revenaient sur ma terre natale, le Congo-Brazzaville, voire sur les rapports entre la France et mon continent d'origine. Hormis certains essais, comme *Lettre à Jimmy* – dédié à l'écrivain africain-américain James Baldwin –, ou encore *Le Sanglot de l'homme noir,* en partie consacré aux relations entre les Africains et les Noirs américains.

Je nuancerai donc en disant que mes livres habitent la géographie imposée par ma transhumance, entre l'Afrique, l'Europe et à présent l'Amérique. Chacun de ces territoires s'aventure de son côté le jour, mais revient inévitablement s'apparier à la tombée de la nuit pour enfanter cette identité du mouvement qui me sert de sauf-conduit lorsque je vais à la rencontre de l'Autre.

Sans me laisser distraire par l'avion qui traverse très bas le ciel de mon nouveau quartier, le Mid-Wilshire, je fais mes comptes avec le temps qui passe. J'ai attendu une quinzaine d'années pour enfin poser le regard ailleurs que sur mon pays d'origine, le Congo, ou sur ma terre d'adoption, la France. Je ne peux expliquer cette procrastination que par la nécessité de ne jamais forcer les choses, d'attendre qu'elles atteignent leur véraison et, le moment venu, qu'elles se raccordent naturellement à mon univers de création.

En évoquant ici l'Amérique, je ne déserte pas pour autant le Congo-Brazzaville, que je trimballe nuit et jour à l'instar de la tortue Kalala qui traîne sa carapace sans en ressentir le poids, soucieuse de la protéger contre vents et marées parce qu'elle est son ultime demeure. Pas plus que je ne largue la France où j'ai vécu pendant dix-sept ans, presque aussi longtemps qu'au Congo, et où j'ai des attaches indéfectibles.

J'accepte même la besogne ingrate consistant à me justifier auprès de certains Américains qui me demandent pourquoi je m'exprime et j'écris mes œuvres dans cette langue française qui n'est pas celle de mon continent de naissance. Cette pédagogie n'a rien de laborieux finalement, car aussitôt que je prononce le mot « colonisation », le visage des Américains s'illumine de curiosité, surtout quand je dois expliquer que, des décennies plus tard, le débat n'a pas faibli dans l'Hexagone, ni sur les conséquences ni sur la manière de raconter les événements.

Mais rien n'y fait, en Amérique, je suis un Africain. Et je n'ignore pas davantage les nuages qui assombrissent mes rapports avec les Africains-Américains. J'ai entendu ici et là que, parmi ces derniers, certains nous reprochent, à nous autres venus d'Afrique, d'avoir eu des accointances avec les négriers qui avaient déporté leurs ancêtres. Nous serions par conséquent frappés éternellement du sceau de la complicité.

Ce sont des polémiques qui ont, certes, leur place à notre époque, mais je le clame haut et fort : ma dette au monde afro-américain dépasse largement ce que me vendent les chantres de la confrontation et les donneurs de leçons. Ma reconnaissance va aux écrivains et aux activistes. Avec puissance et discernement, ceux-là ont dessiné le visage d'une Amérique noire transfigurée par la lutte pour ses droits civiques.

Ils s'appellent : Harriet Tubman, Frederick Douglass, William E. B. Du Bois, Octavia E. Butler, Rosa Parks, Langston Hughes, Richard Wright, Marcus Garvey, Ralph Ellison, Zora Neale Hurston, Chester Himes, Martin Luther King Jr., Malcolm X, James Baldwin, Toni Morrison, Maya Angelou. Ceux-là ont ravitaillé ma fierté. Ils ont glorifié, élevé, la terre d'où leurs ascendants furent pourtant arrachés pour une des traversées les plus tragiques de l'Histoire.

Je ne ferme pas plus les yeux sur les Blancs qui ont perdu la vie en révélant au monde notre condition. Je pense au journaliste français Paul Guihard, par exemple, assassiné le 30 septembre 1962 par d'autres Blancs alors qu'il couvrait un événement pour le moins inédit à cette époque : la Cour suprême américaine venait de valider pour la première fois l'accession d'un Noir américain, James Meredith, à l'université du Mississippi jusqu'alors réservée aux Blancs...

Juliette Hampton Morgan, elle, vivait dans l'Alabama, État du Sud-Est et centre névralgique du déploiement des mouvements afro-américains luttant pour l'abolition de la ségrégation raciale. Cette bibliothécaire avait choisi d'ignorer ses privilèges de Blanche pour embrasser la cause des Noirs américains, et elle en devint un maillon décisif. Elle n'hésita pas à soutenir dans la presse la militante noire Rosa Parks ; elle-même figure héroïque, qui refusa dans un bus de la ville de Montgomery (Alabama toujours) de céder sa place à un Blanc. Un acte de non-violence qui allait de près ou de loin lancer, le 28 août 1963, la grande marche de protestation vers Washington pour l'emploi et la liberté des Noirs américains, à l'initiative du pasteur Martin Luther King Jr. Ce dernier prononcerait alors, devant plus de deux cent cinquante mille personnes, un discours d'anthologie contre le racisme ponctué par son fameux « *I have a dream* »...

Je pourrais également opposer aux polémistes que, pour nous autres, Africains, les Noirs américains ont inspiré dans le monde francophone le mouvement littéraire, politique et artistique de la négritude, courant qui, dans les années 1930, exhortait à la valorisation des civilisations africaines et conduisit aux indépendances des nations du continent noir. C'est un héritage que nous préservons et actualisons, chacun à sa manière, où que nous soyons, parce que le monde nous recommande désormais de nouvelles grilles de lecture.

En somme, lorsque j'entends les discours sur notre complicité, plutôt que de protester, je préfère relire l'un des illustres intellectuels afro-américains plus proches de nous, LeRoi Jones, *alias* Amiri Baraka, disparu en 2014.

Baraka a pointé du doigt un autre genre de complicité. Celle d'une partie de sa propre communauté encline à effacer sa couleur afin de préserver ses intérêts socio-économiques. Dans *Blues People : Negro Music in White America,* il ne mâche pas ses mots : « Ce fut la bourgeoisie noire qui crut que la meilleure manière de survivre en Amérique était de *disparaître* complètement, sans laisser de traces qu'aient jamais existé une Afrique, un esclavage ou même, en fin de compte, un Noir. »

Et, puisque je refuse l'assignation à résidence, j'ajoute que mon Amérique ne se limite pas davantage à sa peinture par les écrivains et les activistes noirs américains. Je n'ai pas lu les auteurs américains en me demandant au préalable quelle était la pigmentation de leur peau, ni avec le désir de donner une couleur à ma vision du monde.

Quand je fréquentais le lycée Karl-Marx de Pointe-Noire, je croyais que l'auteur du *Bruit et la Fureur*, William Faulkner, était un Noir américain. Je n'avais pas eu la présence d'esprit de chercher une photo de l'écrivain, et à vrai dire je m'en moquais pas mal, j'étais ému par son univers, sa vision sociale du sud des États-Unis, objet de mes discussions avec mon père, Papa Roger ; et surtout j'éprouvais dans ma chair le vertige de sa phrase.

J'ai cherché sans relâche, dans les encyclopédies, ce territoire fictif du Yoknapatawpha County, ce « timbre-poste » aux dimensions infinies, situé quelque part dans un État du Sud, le Mississippi. Une fois en Amérique, j'ai même fait le déplacement dans le comté de Lafayette, dont on disait qu'il avait inspiré Faulkner pour camper sa contrée littéraire. J'étais revenu bredouille et avais fini mon séjour à La Nouvelle Orléans à écouter du jazz au Blue Nile, sur Frenchmen Street…

Durant ma vie de lycéen, j'ai aussi suivi Ishmael en haute mer, embarqué avec lui sur le baleinier *Pequod* du capitaine Achab. Et si *Moby Dick* m'a ébloui, c'est grâce à un écrivain issu d'une double lignée écossaise et néerlandaise, Herman Melville, et à l'intelligence irrésistible de sa narration.

Dans la bibliothèque du Centre culturel français de Pointe-Noire (l'ancêtre de l'Institut français), je me sentais bien. Parfois, au moment de la fermeture, le responsable des lieux me surprenait en train de scruter la photo de Mark Twain, avec sa moustache foisonnante. J'ignorais encore le verdict d'Ernest Hemingway qui affirma que toute la littérature américaine moderne découlait de *Huckleberry Finn*, et dont je partage l'avis sans réserve aujourd'hui que je l'ai relu en anglais.

C'est grâce au John Steinbeck des *Souris et des hommes* que j'ai mesuré la grandeur de l'amitié. Avec Flannery

O'Connor, enfant surdouée et mal lunée du sud des États-Unis, avec ses nouvelles pleines de la veulerie des petits Blancs, de leur violence et de leurs crimes sordides, j'ai achevé de me convaincre que les lieux ravagés par les conflits voient naître les plus grands écrivains. Que dire de l'intrépidité, par ailleurs, de Vladimir Nabokov, passé de la langue russe à la langue anglaise ? Et plus récemment de la romancière, nouvelliste et essayiste américaine Jhumpa Lahiri, qui s'est installée en Italie où elle a décidé d'arrêter d'écrire en anglais afin d'apprendre l'italien, abandonnant de ce fait une langue qui a fait son succès dans le monde anglophone... Quelle plus grande hardiesse pour un écrivain ?

Mon Amérique, c'est une terre où les exilés sont devenus les porte-étendards de la nation et sa fierté. Le journaliste hongrois Joseph Pulitzer, qui a donné son nom au prix littéraire le plus prestigieux du pays ; l'Allemand Levi Strauss, qui a rhabillé le monde entier avec son invention du blue-jean ; le physicien Albert Einstein, symbole de l'errance, tour à tour apatride, italien, suisse, australien, belge et américain. Une terre où les Africains ont pu s'enorgueillir du parcours de Mutombo Dikembé, basketteur né au Zaïre (Congo démocratique). L'ancienne ministre américaine des Affaires étrangères, Madeleine Albright, est originaire de l'ancienne Tchécoslovaquie. Le styliste, Oscar de la Renta, vient de la République dominicaine. Celle qui est considérée comme l'une des cent personnalités les plus influentes au monde, Arianna Huffington, fondatrice du *Huffington Post*, a ses racines en Grèce.

Mon Amérique, c'est un Hollywood regorgeant de descendants de migrants qui font le bonheur et les recettes de son cinéma : Pamela Anderson et Jim Carrey (Canada), Natalie Portman (Israël), Nicole Kidman (Australie), Charlize Theron (Afrique du Sud), Arnold Schwarzenegger (Autriche), Djimon Hounsou (Benin), Lupita Nyong'o (Kenya), Chiwetel Ejiofor (Nigeria), Chipo Chung (Tanzanie), sans compter la grande « vague italienne » des acteurs et producteurs qui contrôlent la profession : Martin Scorsese, Sofia Coppola, Francis Ford Coppola, Al Pacino, Quentin Tarantino, Robert De Niro, Sean Penn, Joe Pesci, Brian De Palma, Susan Sarandon, Jennifer Aniston, Bradley Cooper, Sylvester Stallone, Vin Diesel, John Travolta.

Et lorsque, balayant du regard les rayonnages de ma bibliothèque, empruntant les itinéraires et m'arrêtant dans les lieux d'exil des écrivains que j'admire, comme l'Irlandais James Joyce (Suisse), l'Argentin Jorge Luis Borges (Suisse) ou encore les Allemands Thomas Mann (Italie, Suisse, États-Unis) et Bertolt Brecht (Scandinavie et États-Unis) entre autres, je me dis qu'une bonne partie de la littérature moderne a été écrite par des individus qui ont, pour des raisons politiques, linguistiques ou simplement de « tranquillité d'esprit », élu domicile hors de leurs frontières natales, et que je ne fais pas autre chose.

Certes, j'appartiens à la génération d'écrivains africains qui a migré en France dans les années 1990. Mais je me sens désormais proche des voix du monde qu'aiment à faire entendre les États-Unis : l'Iranienne Azar Nafisi, la Nigériane Chimamanda Ngozie Adichie, l'Afghan Khaled Hosseini, le Chinois Ha Jin, le Suédois Art Spiegelman, ou encore la Cubaine Cristina García…

Oui, j'écris sur « mon Amérique » depuis mon balcon californien où la vue porte loin, jusqu'aux bistrots du quartier Marx-Dormoy à Paris ou encore dans la maison en planches de ma mère, dans le quartier Voungou, à Pointe-Noire.

Ici, je me suis fondu dans la masse, j'ai tâté le pouls de ceux qui ont ma couleur, et de ceux qui sont différents de moi, avec lesquels je compose au quotidien. Certains lieux, de Californie et du Michigan, me soufflent leur histoire car je les connais intimement. D'autres me résistent, et il me faut quelquefois excaver longtemps pour voir enfin apparaître leur vrai visage. Mais ce périple n'a de sens que s'il est personnel, subjectif, entre la petite histoire et la grande, entre l'immense et le minuscule. Et peut-être même que, sans le savoir, j'entreprends ici ce que je pourrais qualifier d'autobiographie américaine, entre les mirages de l'imaginaire, les rebondissements de l'insolite, la digression de l'anecdote et la crudité de la réalité.

Ainsi va mon Amérique…

De Santa Monica à Los Angeles

Depuis que je l'ai quittée pour le centre de Los Angeles, je cherche à chasser de mon esprit l'image de la ville de Santa Monica, mais elle m'obsède.

Hier, j'ai encore pris la voiture et quitté précipitamment mon domicile pour le seul plaisir de retourner y flâner et, secrètement, dans le dessein de recouvrer un soupçon de sérénité. Ce matin, je résiste à la tentation. Je reste sur mon balcon. Donc j'écris.

À Santa Monica, je résidais au croisement de Montana Avenue et de la 16th Street. À quelques minutes en voiture de l'aéroport qui me ramène en France régulièrement, et plus près encore de l'université de Los Angeles (UCLA) que je rejoins en traversant Westwood Village le long de Veteran Avenue, avant d'emprunter Sunset Boulevard, pour qu'enfin apparaissent les bâtisses en briques ocre.

Quand j'ai débarqué du Michigan en 2006, j'étais loin d'imaginer que je tomberais sous le charme de Santa Monica. La ville me paraissait trop calme, trop rangée, trop féerique pour être vraie. Pas de gratte-ciel qui obstruent la vue comme à New York, pas de rideaux de neige ou de cheminées géantes qui expectorent leur fumée industrielle comme dans le Michigan. D'interminables avenues entretenues avec un soin maniaque par une municipalité omniprésente. L'interdiction de fumer d'un bout à l'autre de la 3rd Street Promenade, les Champs-Élysées locaux. De la verdure partout, dans tous les quartiers, des parcs qui donnent envie de paresser au soleil l'après-midi entière. Et l'une des plus belles plages de l'océan Pacifique. Le succès de la série télévisée *Alerte à Malibu* n'est pas pour rien dans l'incroyable attrait de cette étendue, bordée sur plusieurs kilomètres par une piste cyclable qui vous mène de Malibu à Venice Beach – succès expliquant aussi les centaines de demandes de tournage de films enregistrées chaque année.

Avec ses soixante-quinze musées et galeries d'art, ses salles de cinéma un peu partout, le décor changeait d'Ann Arbor, mon ancienne résidence du Michigan, qui me semblait désormais un confetti, une bourgade recluse et vieillissante, en comparaison.

À Santa Monica, fini le froid, fini l'hiver interminable qui vous désoriente et vous change en profondeur. Fini la neige à déblayer devant son domicile chaque matin – et pas question d'indiscipline, vous pourriez être traduit en justice si par malheur quelqu'un se cassait la figure devant votre domicile. Fini cet accoutrement ridicule qui insulte l'élégance d'un Sapeur, cette enveloppe grossière qui vous donne l'allure d'un bison sur deux pattes. Je vivais à présent sous un climat tempéré, proche de mon Afrique natale. Un soleil doux. Le bruit des vagues de l'océan. Le paradis.

Pour jouir pleinement de l'une des villes les plus riches des États-Unis, je m'asseyais parfois sur un banc public du côté d'Ocean Avenue, à regarder passer les bagnoles luxueuses et extravagantes, comme jamais je n'en avais vu dans ma vie. Dans l'une d'elles se cachait sans doute une vedette chic du grand écran, Sandra Bullock, Christian Bale ou Tom Cruise, lassée des paillettes et des paparazzis d'Hollywood ou de Beverly Hills, et venue trouver refuge à Santa Monica.

Entre les files de voitures arrêtées au feu rouge, je voyais soudain la tête hirsute d'un type apportant une note discordante dans ce paysage, car ici, et bien que considérablement moins visibles qu'au centre de Los Angeles, il y avait aussi des clochards. Les Blancs, et les plus nombreux largement, venaient de loin, m'apprenaient-ils, de très loin, de l'Ohio, de l'Alabama, du Maine ou de la Caroline du Sud. Les Noirs, d'encore plus loin, du Ghana, du Nigeria ou du Kenya.

Tous se regroupaient devant les magasins d'alimentation ou les stations essence. L'un de ces Africains parlait français. Car Babacar était originaire du Sénégal. Il ne quémandait pas, ne dérangeait personne, demeurait assis du matin au soir devant l'entrée de CVS Pharmacy de Santa Monica Boulevard, espérant de la part des passants un élan du cœur qui lui éviterait l'humiliation de tendre la main ou son petit bol en fer-blanc. Il m'évoquait les marginaux de *La Grève des battù* de la romancière Aminata Sow Fall, sa compatriote. « Les déchets humains », avait-elle écrit en sous-titre, pour annoncer la révolte des laissés-pour-compte de Dakar contre les autorités politiques, lesquelles chassaient les plus pauvres afin d'éviter aux touristes cette vision déshonorante pour la ville.

Dans la culture et la croyance populaire africaines, faire la charité à ces « déchets humains » apporte chance, santé et prospérité. En Afrique de l'Ouest, les mendiants bénéficient d'une sorte de « statut social », encadré par les coutumes et les traditions. Ces hommes n'inspirent pas la pitié, mais le respect qu'on doit à ceux qu'on estime être les médiateurs avec nos ancêtres et nos dieux.

Malgré le déracinement, Babacar avait conservé de son pays natal un sens de la dignité qu'il poussait à l'extrême : il ne fumait pas, ne buvait pas, ne se droguait pas. Toujours équipé de sa bouteille d'eau, il s'empressait de remonter le boulevard, sitôt un billet en poche, pour entrer dans le Subway voisin et s'acheter un sandwich. Un clochard vertueux.

Ainsi cet homme et ses compagnons d'infortune se trouvaient-ils dans une métropole insolemment riche, merveilleusement bâtie, mais qui ne leur laissait pour survivre qu'un espace aussi exigu qu'une cabine téléphonique. Ils connaissaient bien la géographie de la ville, ils étaient conscients que ce n'était pas le lieu idéal pour faire la manche. En dehors de la 3rd Street Promenade ou d'Ocean Avenue, envahies par les touristes du monde entier, Santa Monica ne grouille pas de promeneurs ; tout le monde se déplace en voiture, ici, plus qu'ailleurs. Alors, postés à une intersection, guettant le feu rouge, ils tentaient d'apitoyer les conducteurs. Ça ne marchait pas à tous les coups, on s'en doute.

J'avais conseillé à Babacar de migrer vers Los Angeles, mais il préférait trimer à Santa Monica plutôt que d'affronter la concurrence du centre-ville où drogués, repris de justice et aliénés mentaux ne faisaient pas de cadeaux, pas même à leurs semblables, et protégeaient leur secteur avec des armes à feu, assouvissant leurs pulsions criminelles sur les autres parias. À Santa Monica, c'était dur, mais, au moins, il lui arrivait de recevoir d'« importantes sommes ». Entendez par là un billet de dix dollars...

Et comme Babacar qui y faisait de menues affaires, j'avais longtemps hésité à quitter Santa Monica où j'avais écrit la plupart de mes romans et de mes essais.

Ai-je *réellement* trahi cette ville en partant ?

Tout plaide en ma défaveur. C'était comme un coup de poignard dans le dos de la cité qui hébergeait mes premiers souvenirs en Californie. Santa Monica était devenue mon amante préférée, elle me tendait les bras avec une affection sans mélange, et je ne la quittais jamais pour mon été parisien sans ressentir un pincement. Mieux encore, et c'est une nostalgie presque douloureuse ce matin, Santa Monica occupe la même place dans mon cœur que ma ville congolaise de naissance, Pointe-Noire, et ma cité d'adoption, Paris...

Alors que je consigne ces lignes, je revois d'un côté les premiers habitants de Santa Monica – des Amérindiens de la tribu des Tongvas –, j'entends à l'opposé le bruit de bottes des Espagnols qui débarquent à partir du XVIIIe siècle. Santa Monica est à l'époque entre les mains des colonisateurs, plus précisément celles de l'explorateur espagnol Gaspar de Portolà, qui m'apparaît sous les traits d'un très vieil arbre. À son pied, je vois des feuilles mortes échouées. Ces feuilles toutes sèches et friables incarnent la pénitence des autochtones dont les descendants, de nos jours, sont des étrangers sur le territoire de leurs propres ancêtres et ne représentent plus qu'une infime partie de la population.

Le continent noir est bien là, pourtant. À chaque coin de rue. C'est Monique d'Hippone qui lui a donné son nom, une Berbère dont la sainteté est désormais reconnue par les Églises catholique et orthodoxe. Elle était la mère de saint Augustin, qui, lui-même – si je peux oser ce rapprochement sans offenser les certitudes des historiens –, était un Africain, puisque né dans ce qu'on appelait alors la « province d'Afrique », celle-là qui regroupait la Tunisie actuelle et quelques portions de la Libye et de l'Égypte.

Oui, Santa Monica est une petite Afrique sans Noirs. Je n'en voyais pas dans le voisinage du deux pièces que je louais. À peine croisais-je ceux qui vivaient dans les cités alentour, et qui venaient le dimanche prier à la Saint Paul's Lutheran Church, sur Lincoln Boulevard. Oh, je n'oublie pas ceux qui travaillaient dans le supermarché Vons sur Wilshire Boulevard et dans le magasin 7 Eleven sur Santa Monica Boulevard. C'est là que j'avais fait la connaissance d'un autre clochard africain. Il venait du Nigeria et il m'avait enseigné les rudiments du pidgin lorsque je traduisais de l'anglais au français le roman de son compatriote Uzodinma

Iweala, *Beasts Of No Nation*, œuvre que je lui avais offerte dans sa version originale, bien sûr.

L'exclusion tacite des Noirs à Santa Monica me conforte dans ma décision de l'avoir quittée pour Los Angeles. Soit elle sélectionne ses habitants, soit elle attire un certain type de population. On compte presque 77 % de Blancs, 10 % de Latinos, 4 % d'Africains-Américains à Santa Monica. Qui manque dans ce décompte ? Ceux dont la race n'est pas « clairement » identifiée. Ils sont rangés sous la bannière *Other races* (3,4 %) ou « minorités » quasiment invisibles, notamment les *Native Americans* (0,3 %) ou les *Native Hawaiians* et les *Pacific Islanders* (0,1 %).

Quand je me rendais à Inglewood – l'agglomération californienne comptant le plus de Noirs –, les « sœurs » et les « frères » me prenaient pour un « nègre bourgeois » pactisant avec les Blancs. Inversement, les Blancs de mon voisinage estimaient que j'avais la chance d'avoir échappé au destin des Africains-Américains victimes du désœuvrement, livrés à la délinquance et au crime. Je lisais d'ailleurs l'expression de leur soulagement quand j'entrais, tiré à quatre épingles, dans le restaurant R + D Kitchen sur Montana Avenue, ou dans le Marmalade Cafe.

Me voyant assis à écrire, les Blancs crevaient l'abcès de leur curiosité et me demandaient ce que je faisais *réellement* dans la vie (sous-entendu en dehors d'être noir vingt-quatre heures sur vingt-quatre). Je répondais que j'étais professeur de littérature à l'université de Californie-Los Angeles. Et je voyais soudain s'épanouir sur leur visage une sérénité qu'ils s'évertuaient à dissimuler en me couvrant de compliments hyperboliques. Je n'étais plus comme les « autres », donc je ne menaçais plus leurs intérêts ni la pérennité de la domination raciale, sociale et économique. Je devenais le meilleur alibi, l'argument gagnant à balancer à la figure de ceux qui reprocheraient à Santa Monica de n'être pas une ville racialement diversifiée.

Là-bas, j'avais conscience d'être un faire-valoir, et je jouais le jeu jusqu'au bout lorsque j'apparaissais dans ces restaurants huppés où tout était distingué, riche et blanc. Ma casquette Stetson vissée sur la tête, je ne pouvais passer inaperçu, et les serveuses ne manquaient pas de me faire savoir par leurs commentaires enjoués qu'elles appréciaient mon accoutrement. Au bar, je commandais un verre de Grand Marnier avec glaçons en attendant qu'une hôtesse me désigne une table, toujours la même, dans un angle.

Les murs du R + D Kitchen sont couverts de photos de célébrités du cinéma, Robert Redford, John Wayne, Grace Kelly, Natalie Wood, Jayne Mansfield, Marilyn Monroe... À la petite table de deux places que j'occupais, j'étais entouré pas les portraits de Richard Kiel, connu pour ses dents en or dans *L'Espion qui m'aimait*, un des épisodes de James Bond ; de Larry Hagman, révélé au monde sous les traits de J. R. Ewing de la série *Dallas* ; de Burt Hammersmith dans *La Ligne verte*, film tiré du roman éponyme de Stephen King, où il incarne un avocat raciste contre John Coffey, le colosse noir aux pouvoirs surnaturels accusé d'avoir assassiné deux fillettes blanches ; de Gary Sinise, le lieutenant Dan Taylor, vétéran de la guerre du Vietnam dans *Forrest Gump*. Cette dernière photo me touchait plus que les autres, car Gary Sinise a par ailleurs porté à l'écran *Des souris et des hommes*.

Si les serveuses s'amusaient à m'appeler « The Parisian », c'était assurément à cause de mon accent – français pour les Américains et africain pour les Français –, mais aussi grâce à mes tenues aux antipodes de celles de leur clientèle. J'étais d'ailleurs stupéfait de son uniformité vestimentaire. Les hommes en costume sombre, les plus jeunes en jean Giorgio Armani ou Guess, un T-shirt blanc au col en V et des baskets Gucci ou Dolce Gabbana. Les femmes, elles, arborant les minirobes en satin du Hollywood des années 1980, avec décolleté plongeant, plumes de marabout ou perles près de l'encolure. Le contraste était à son comble dès que je faisais irruption dans l'établissement en costume Borsalino orange ou violet, avec aux pieds mes Weston cirées en miroir.

Le week-end, j'optais pour le « demi-Dakar », ce qui, dans le jargon des Sapeurs congolais, désigne une tenue dont la veste et le pantalon ne proviennent pas du même tissu. Ce mélange délicat exige d'être habile dans l'harmonie des couleurs, chaque pièce devant s'appareiller à une autre : pochette de costume, boutons de manchettes à motifs tour Eiffel ou Arc de triomphe, chaussettes Jacquard, lunettes de soleil Emmanuelle Khanh à monture épaisse et mes différentes casquettes Stetson ou Bailey. Les serveuses n'hésitaient pas à me demander le nom de mon parfum, celui de mon styliste, et, lorsque je leur apprenais que tout ce que je portais venait de Paris, les voilà qui lâchaient en chœur : « *Of course, Paris !* »

Si elles avaient su que mon styliste parisien Jocelyn Le Bachelor était congolais, ma cote aurait encore monté en flèche.

Cette page est désormais tournée, et depuis des années je n'ai pas mis les pieds dans ce restaurant…

Quand les Blancs deviennent minoritaires

Entre Santa Monica et le Mid-Wilshire, c'est le jour et la nuit.

Ici, les noms des quartiers semblent avoir été choisis pour illustrer la variété d'un espace désormais considéré comme l'un des moteurs culturels de la ville : Sycamore Vista, Park Mile, Park La Brea, Little Ethiopia, Oxford Square…

Mon quartier est connu pour abriter le célèbre Los Angeles County Museum of Art (LACMA), mais encore l'un des plus grands musées de l'automobile, le Petersen Automotive Museum ; une salle de concert mythique aussi, datant des années 1930, le El Rey Theatre, dans le style Art déco, célébré par les amateurs de musique live pour son côté intime avec sa capacité d'accueil de huit cents personnes. L'Academy of Motion Picture Arts and Sciences, qui promeut le cinéma sur le plan international et décerne chaque année les oscars, a prévu de s'installer prochainement dans le Mid-Wilshire.

Je me sens à l'aise ici, entre l'immensité de La Cienaga Boulevard et les échoppes de Melrose Avenue, sans pour autant avoir à craindre les fameux embouteillages de la Santa Monica Freeway ni les parages de Hoover Street – réputés depuis les années 1970-1980 comme étant le territoire des 52 Hoover Gangster Crips, des brigands qui ont contrôlé pendant des décennies le trafic de drogue dans les rues de l'est et de toute la partie sud de Los Angeles, et dans les agglomérations du pays où ils avaient des antennes, principalement à New York, dans le New Jersey, à Houston et à Washington.

Le Mid-Wilshire est en pleine expansion urbanistique. Le bâtiment dans lequel je réside a été érigé il y a seulement deux ans par un promoteur immobilier coréen. Ce qui me rassure, ici, c'est bien le rapport avec la race qui n'a plus rien à voir avec celui de Santa Monica. Le dernier recensement fait état de « seulement » 36 % de Blancs, 22 % de Noirs, 20 % d'Asiatiques, également 20 % de Latinos et 4 % de *other races*.

Qu'est-ce à dire ? Pour reprendre les mots de Humberto, mon ami mexicain qui gère une station essence du côté d'Olympic Boulevard où je m'arrête une ou deux fois par semaine, les Blancs deviennent minoritaires lorsqu'on additionne les autres races. Humberto estime que celles-ci symbolisent l'Amérique d'aujourd'hui, voire de demain. En Californie, comme d'ailleurs dans les autres États les plus diversifiés du pays (le Texas, Hawaii, le New Jersey, New York et New Mexico), cette vision « arithmétique » des races est largement prise en compte au moment des élections. D'où la cour empressée que leur font les politiciens.

Candidat démocrate à la prochaine élection présidentielle, Mike Bloomberg, ancien maire de New York, promet même aux Noirs et aux Latinos la gratuité des études, l'accès à la couverture sociale et une politique agressive afin que ces populations « rattrapent leur retard » dans le partage des richesses. Malheureusement pour Bloomberg, les Noirs et les Latinos new-yorkais, bien placés pour savoir comment il a géré leur ville, en appellent massivement au rejet de sa candidature, lui reprochant, entre autres, la mise sous surveillance de la communauté musulmane après les attentats du 11 septembre 2001, la marginalisation des minorités dans des zones de logements très excentrées au profit d'une gentrification de New York, sans oublier les arrestations répétées de Noirs pour consommation ou trafic de marijuana.

Bloomberg, avec l'enthousiasme d'un apprenti sorcier, corrige en douce un bilan que ses anciens administrés tiennent à lui rappeler par tous les moyens. Ils l'ont fait, en particulier, dans une lettre ouverte qui circule à travers le pays, et signée par des personnalités new-yorkaises. Cette vague de protestation pèse dans sa campagne ; ses mots sonnent de plus en plus faux et suscitent non seulement l'exaspération de ceux qu'il espère convertir à sa chapelle, mais aussi leur hilarité. Dans les rues du Mid-Wilshire, qui constituent une de ses cibles électorales, ses portraits sont mitraillés de graffitis injurieux ou affectés d'une moustache burlesque…

Il est dorénavant difficile d'envisager l'Amérique à l'aune des années 1960, quand elle était un territoire de Blancs. Depuis la croissance démographique des Latinos et des Asiatiques, le Mid-Wilshire est un parfait échantillon d'une mutation vers une nation où 3 % de la population se revendique multiraciale, autrement dit comme appartenant à plusieurs races. Un phénomène complètement neuf.

Dois-je m'en réjouir ? La médaille a son revers. Il suffit de tourner la tête pour faire face au vaste secteur, au-delà de Crenshaw Boulevard et jusqu'à l'autoroute 405, où vivent presque 60 % des Noirs. Là, des tentes de sans-abri pullulent sous les ponts, devant des maisons désertes, à l'intérieur des parkings ou le long des rues les moins fréquentées. Les voitures dépassent ces scènes accablantes dans une indifférence absolue. Cette face sombre de Los Angeles est entrée dans l'imaginaire de chacun, et si l'on traverse cette désolation sans plus la remarquer, c'est parce qu'elle est devenue « banale », presque caractéristique de la ville.

Récemment, un bulldozer est venu démantibuler les tentes des sans-abri alignées derrière la station essence de Humberto. Des véhicules de police accompagnaient cette opération impressionnante, bloquant jusqu'à l'accès de mon immeuble. Lorsque je suis venu m'approvisionner en carburant, j'ai demandé à Humberto de m'expliquer la raison de cet acharnement.

D'un air résigné, il m'a répondu :

« Ah, tu n'es pas au courant ? Il y a un film qui va se tourner ici dans les jours à venir. C'est pour ça qu'on a chassé tes frères et sœurs…

— Et ils sont allés où ?

— Vers l'autoroute 405, là-bas, mais je sais qu'ils reviendront après le tournage, donc dans à peu près trois semaines », a-t-il conclu en désignant la note officielle de la société de production collée sur la vitre de son établissement.

En quittant Humberto, j'ai sillonné le Mid-Wilshire, un peu dans l'espoir secret d'apercevoir ces femmes, ces enfants et ces hommes dont certains visages m'étaient devenus familiers puisqu'ils déambulaient d'ordinaire devant la station essence avec leurs couvertures pincées sous les aisselles.

J'ai cherché en vain ce monde qui s'était volatilisé dans la nature. Durant cette inspection improvisée, j'ai pu, dans un même quartier, passer sans transition de la haute bourgeoisie de Larchmont Village, de Hancock Park, d'une bonne partie de Wilshire Boulevard, à la classe moyenne d'Olympic Boulevard, de Western Boulevard, à l'organisation très « ethnisée » de Koreatown et, subitement, à la réalité crue de cette pauvreté qui, selon les chiffres que j'ai lus hier sur les prospectus qu'on dépose dans nos boîtes aux lettres en cette période d'élection présidentielle, atteint 21,4 % dans le Mid-Wilshire, au-dessus des 19,5 % qui font la moyenne de la ville dans son ensemble.

Los Angeles me dévoile son vrai visage.

Le monologue d'Ali

J'entends le bruit des poubelles déplacées derrière mon immeuble. C'est le camion de la voirie qui sillonne le Mid-Wilshire. Il disparaîtra bientôt dans les environs de Larchmont Village, de Hancock Park et de Hollywood.

Il doit être six heures du matin.

Je n'arrive pas à avancer dans ce que j'écris. Je relis le chapitre que j'ai intitulé « Mon Amérique », je détache mon regard du cahier, je manque de me brûler en buvant mon thé. Ce que j'ai de plus précieux sur ce balcon, c'est la photo de Cassius Clay que j'ai fixée sur un des murs. C'est elle que je regarde en ce moment. Elle me procure de l'assurance lorsque, soudain, je ressens ce trouble du créateur incapable de progresser, tenaillé par l'angoisse de l'échec ou l'immensité de la tâche.

Avec Cassius Clay, tout s'allume, tout s'enflamme, comme si dans la nuit de mes doutes, le boxeur légendaire appuyait sur l'interrupteur qui éclairera mes sentes et me permettra de contourner le tapis d'épines qui se déploie devant moi. J'imagine le vieil

Ali contemplant l'envol des oiseaux et la fuite des nuages dans le ciel de Berrien Springs, un petit village du Michigan où il possédait une ferme, bien loin de l'État de Kentucky et de Louisville, qui l'avait vu partir de rien pour arriver au sommet de la gloire.

Boxeur à la retraite, toujours dans cette ville du Michigan, je le vois qui échange avec des croyants de la communauté adventiste du septième jour, même s'il a opté pour la confession musulmane dans les années 1960, dans l'élan commun à nombre d'Africains-Américains qui suspectaient la religion chrétienne de ne pas être la leur, mais plutôt celle de leurs maîtres blancs. Cependant, rebaptisé Mohammed Ali, il était persuadé qu'il n'y avait qu'un seul Dieu, et il partageait volontiers, avec ses sœurs et frères de Berrien Springs, les principes de liberté de conscience et du dialogue œcuménique afin de faire reculer toutes les sortes de discriminations.

Je l'imagine encore avancer à petits pas, opiniâtre, puis longer le sentier sinueux menant vers la concession voisine de sa ferme, jusqu'à la source de Berrien qui doit son nom à l'ancien procureur général et sénateur des États-Unis pour l'État de Géorgie, John M. Berrien.

Au cours de cette promenade – son épouse Lonnie n'est pas loin, je peux sentir sa présence protectrice –, Ali laisse l'air emplir ses poumons et murmure que la vie est l'idée la plus aboutie de Dieu, bien que la mort vienne ternir cette œuvre suprême. Émerveillé par la splendeur de la nature, il prend le temps de scruter chaque espèce vivante avec curiosité et respect.

Lorsqu'il surprend un papillon à hésiter entre deux essences florales, à battre des ailes avant de se laisser porter par le léger vent, comme s'il lui dédiait ce spectacle prodigieux, le boxeur se rappelle que, du temps de sa grandeur, à l'époque où son corps lui obéissait au doigt et à l'œil, et précédait même ses pensées, il était également un papillon, peut-être le plus futé de ces lépidoptères caractérisés par deux paires de pattes et deux paires d'ailes recouvertes d'écailles. C'est ainsi que le voyaient ses adversaires, ou du moins c'est ainsi qu'il souhaitait qu'ils le voient : il n'avait pas deux bras ni deux jambes, mais quatre.

Toutefois, à la différence de ces insectes, Ali était né papillon, sans nul besoin de sortir de sa chrysalide, et il laisserait à la postérité sa formule « *Float like a butterfly, sting like a bee* », qu'il hurla à la face du monde avant d'affronter George Foreman à Kinshasa, au Zaïre. Il flottait dans le vent, mais piquait comme une abeille dès que montait en lui la rage de vaincre et de se surpasser quand quelque prétentieux convoitait son trône, ou quand il jugeait avoir affaire à un usurpateur, un bouffon, un va-nu-pieds indigne de porter le prestigieux titre de champion du monde des poids lourds.

Mon attirance pour Ali date de mon enfance, de ce combat durant lequel il a affronté George Foreman au stade Tata Raphaël en 1974. J'avais huit ans et avais suivi le match à la télévision. Moi aussi, à l'époque, je scandais le rageur « *Ali, boma ye !* » (Ali, achève-le !). Aujourd'hui, savoir que ce boxeur « m'attend » chaque jour sur mon balcon, c'est une manière de me propulser d'un seul regard dans mon adolescence, quand nous rêvions tous qu'Ali donne une bonne raclée à Foreman.

L'image de mon balcon est une reproduction de la célèbre photo où Mohammed Ali vient de terrasser le tenace Sony Liston dans le premier de leurs deux combats mythiques, le 25 février 1964, à Miami Beach, en Floride. Je l'ai achetée dans une librairie de Larchmont Village, prévoyant déjà qu'elle ornerait mon balcon, qu'elle serait même la première chose qu'on remarquerait en y posant le pied. Je ne me suis pas trompé puisque, invités chez moi, la plupart de mes amis engagent la discussion à propos de ce combat mythique, sachant pourtant que je suis intarissable sur le sujet.

Il y a quelques jours, le tableau est tombé en mon absence, et j'ai ressenti une profonde tristesse en le découvrant par terre à mon retour de la fac. Alors que je le raccrochais, j'ai entendu le boxeur me parler à l'oreille. Mais c'était le Ali au crépuscule de sa vie, et luttant contre la maladie de Parkinson :

Je suis Ali, et je resterai Ali quelles que soient la dégradation de mon état de santé et ma mobilité réduite. J'ai certes limité mes apparitions publiques, mais l'orgueil et l'esprit combatif qui sont les miens me donnent des ailes et me poussent à ne pas capituler devant ce dernier round dont l'arbitre n'est autre qu'Allah Lui-même dans Sa Toute-Puissance et Sa Volonté. À aucun moment on ne m'aura entendu me plaindre de mon sort, ce n'est pas mon genre.

Je mène une existence quasi normale, si je fais abstraction de l'inquiétude à mon sujet que je lis sur le visage de mes proches, et auxquels je dois apporter ma consolation. Le résultat est souvent plus positif lorsque c'est un malade qui console un bien portant. Soudain, je vois autour de moi des sourires, j'entends des airs fredonnés, des disputes légères, bref, la vie qui reprend son cours ordinaire ; et le lendemain, parce que la veille j'ai donné à mon entourage des raisons d'être heureux, je constate aussi que la nature m'a écouté : les fleurs de mon jardin se pavanent au soleil, les oiseaux forcent la note avec excitation.
En somme – et c'est mon obsession –, je ne voudrais pas laisser cette maladie de Parkinson comme ultime image de moi pour l'éternité, en particulier auprès de ceux qui ne m'auraient vu qu'en 1996 à Atlanta.
Cette année-là, tremblant, le corps frêle, le regard fixe, j'avais allumé le chaudron olympique pendant la cérémonie d'ouverture des Jeux qui célébraient leur centième anniversaire dans mon pays. Par ce geste hautement symbolique, repris sur toutes les chaînes de télévision de la planète, je signais un des moments les plus émouvants de l'histoire de ces Jeux qui me couronnèrent à Rome en 1960 alors que j'avais à peine dix-huit ans.
Oh, je sais qu'on a raconté tant de choses là-dessus. Je n'ai plus cette médaille, je l'affirme. Je l'ai jetée dans les eaux tumultueuses de l'Ohio River pour manifester mon mécontentement face à la discrimination raciale à mon encontre. L'Amérique m'avait paru tellement ingrate. Comment pouvait-on refuser de me servir dans un restaurant au motif qu'il était réservé aux Blancs ? Oui, j'écumais de colère. Et j'ai balancé cette distinction olympique dans le courant de l'Ohio River.
Beaucoup doutent encore de cet épisode, en particulier mon ami et célèbre journaliste sportif Jerry Izenberg.

Il voudrait bien croire que j'ai noyé ma médaille olympique ! Hélas, ajoute-t-il avec une pointe d'ironie, on pourrait fouiller l'Ohio River de fond en comble, creuser des digues profondes, retourner le courant dans tous les sens, il y aurait plus de probabilités de trouver une sirène que cette médaille olympique ! Je reconnais son sens de la formule, mais je jure que je l'ai jetée, et mon frère Rudolph pourrait en témoigner.
N'avais-je pas mérité cette distinction en terrassant ce dur à cuire de Polonais, Zbigniew Pietrzykowski, trois fois champion d'Europe, s'il vous plaît ? Le monde aurait dû être à mes pieds après mon couronnement. Je n'étais pas le champion d'une petite contrée, d'un minuscule État perdu au fin fond de l'Amérique ! J'avais affronté des boxeurs venus des quatre coins du monde ! Je pense au Belge Yves Because, au Russe Gennadiy Schatkov, à l'Australien Tony Madigan, trois durs combats qu'il a fallu gagner pour atteindre la finale ! J'étais l'Amérique, et l'Amérique était en moi. J'attendais d'elle une vraie reconnaissance et non son éternelle hypocrisie sur la race. Me débarrasser de ma médaille marqua le début de mon engagement. En refusant de me servir, le propriétaire du restaurant déshonorait cette médaille olympique, la réduisant à de la pacotille.
Trente-six ans plus tard, à Atlanta, on m'a fait la surprise de m'offrir une réplique de cette médaille. Aurais-je dû la refuser ? Je n'ai pas dit non, parce que mes idées de justice et d'égalité ont commencé à porter leurs fruits. Et puis je ne suis pas homme à éprouver de la rancœur. Cette nation a commis une faute et elle a le droit à la rédemption…

Je pose mon stylo, contraint par une obligation, non dénuée de valeur symbolique aussi. Aujourd'hui, je dois me rendre au Department of Motor Vehicles (DMV) à Hollywood pour changer l'adresse de mon permis de conduire qui porte encore celle de Santa Monica…

Je n'aime pas « Woptober II »

Le téléphone sonne.

C'est Boris, mon fils, à l'autre bout de la ligne.

En dehors des sollicitations de commerciaux qui veulent me vendre une assurance-vie ou me proposer de changer de voiture et auxquels je coupe le sifflet aussi vite que possible, il n'y a que Boris pour faire sonner le téléphone fixe. Nous nous appelons plusieurs fois par semaine, sans vraiment nous soucier des neuf heures de décalage entre Paris et Los Angeles.

Aujourd'hui, Boris se garde de me faire le compte des déboires de l'équipe de football de Maisons-Alfort où il joue comme milieu de terrain depuis quelques années. Il ne revient pas davantage sur les heures supplémentaires qu'il effectue dans une entreprise de réparations électroniques : il ne peut y couper s'il veut continuer à assouvir sa passion du ballon rond qui ne lui rapporte pas un kopeck. Il me glisse deux ou trois mots sur sa mère qui vient d'emménager à Toulouse avec sa demi-sœur, puis, après m'avoir demandé si je me plais dans mon nouvel environnement du Mid-Wilshire, sans attendre ma réponse, il me parle de *Woptober II*.

Heureusement, je suis au courant, ce qui m'évite d'entendre ce ton moqueur qu'il aime adopter avec moi, ou qu'il me traite de *has been*.

Woptober II, c'est le nom du nouvel album du rappeur Gucci Mane. Boris guettait sa sortie comme le lait sur le feu afin de me devancer. Sa victoire, c'est de m'apprendre depuis la France ce qui se passe chez moi, aux États-Unis. On joue à ce petit jeu tous les deux. Je cherche aussi les informations françaises avant lui pour l'épater.

Gucci Mane, originaire de l'État d'Alabama, est né dans la ville de Birmingham, connue pour avoir été dans les années 1950-1960 un des hauts lieux de la lutte des Afro-Américains pour les droits civiques. C'est dans cette même ville que fut emprisonné Martin Luther King Jr. en 1963 après avoir participé à une manifestation pacifique, laissant à la postérité sa fameuse *Lettre de la prison de Birmingham* dans laquelle il a posé les fondements de la lutte non violente contre le racisme. C'est toujours dans cette ville que l'organisation suprémaciste blanche du Ku Klux Klan (KKK) a assassiné quatre filles noires lors d'un attentat à la bombe, lancée le 15 septembre 1963 contre une église baptiste transformée en lieu de rassemblement des militants noirs.

Boris sait tout ça, car je lui rebats les oreilles de ces histoires depuis qu'il est tout gamin. Mais Gucci Mane n'est pas resté à Birmingham, me répond-il, puisqu'il a déménagé avec sa mère vers Atlanta où il rêvait déjà, à l'âge de quatorze ans, de devenir un rappeur d'exception. Atlanta, une des villes où le hip-hop et le rap ne cessent de prospérer, portés par des artistes comme Toni Braxton, Usher, Ciara, Ludacris, Childish Gambino ou encore Young Jeezy et 21 Savage.

Dès 2005 et son premier album *Trap House*, entré aussitôt dans le Billboard, Mane est devenu la voix du nouveau rap et le chef de file de ce que, ici, on appelle désormais « l'école d'Atlanta ». À quarante ans, il est perçu comme une icône, et Atlanta n'a plus rien à envier ni à Los Angeles ni à New York en matière de rap. « Le bon son », me dit Boris, vient de là-bas, comme en témoigne le succès des rappeurs Offset, Takeoff, Quavo et leur groupe Migos.

Boris est tout heureux de me rappeler que Mane a collaboré avec les artistes les plus prestigieux de son temps, de Mariah Carey à Drake, en passant par Lil Wayne, Marilyn Manson, Chris Brown ou Selena Gomez. Les rappeurs de sa génération, poursuit-il, lui doivent beaucoup, et peu importe qu'il ait fait des allers-retours en prison pour violation des règles de la liberté conditionnelle. Peu importe l'accusation de meurtre ou de possession d'armes à feu.

« D'ailleurs, plaide-t-il, Mane a chaque fois été relaxé pour insuffisance de preuves ! Et moi je pense qu'il est innocent, les Blancs sont contre lui ! »

Comme il sent que je ne suis pas du tout convaincu par ces arguments sur la race qui expliqueraient tout, il embraye :

« De toute façon, papa, malgré ses conneries, ses fans l'adorent ! En plus, tous les rappeurs avant lui en ont fait, et ça n'a pas empêché leur succès ! »

Il sait ce que je pense de Mane. Je ne vais pas gâcher sa joie, je vais même lui faire plaisir. Je lui dis que Mane semble mener une carrière plus apaisée depuis qu'il a purgé ses trois années en prison dans l'État d'Indiana pour possession de drogue et d'armes à feu. Et afin de prouver à mon fils que je connais mieux mon sujet américain que lui, j'ajoute que celle qui est devenue l'épouse de Mane, Keyshia Ka'Oir, a sommé ce dernier de perdre du poids avant sa sortie de prison. Sinon elle le quitterait. L'artiste a obéi, et, depuis 2016, le nouveau Gucci Mane a été libéré : il n'est plus ce rappeur en surpoids et au souffle court du début des années 2000. Il a sensiblement maigri et travaillé son physique.

Très heureux que j'abonde dans son sens, Boris complète :

« Tu sais, il fait même des pubs pour la marque Gucci… »

Le consensus entre père et fils ne dure pas. J'ai du mal à dissimuler ma véritable opinion. Je n'aime pas *Woptober II*. Je ne supporte vraiment pas la voix de Gucci Mane. Je la trouve plate, nasillarde et sans originalité.

« Quoi ? Tu rigoles, papa ! Mane a le meilleur *flow*, c'est profond, c'est génial, ça te parle. Comment tu peux ne pas aimer cet album ? »

Et il veut coûte que coûte me convertir :

« Écoute bien l'instrumental, papa, tu entends les *vibes* ? Énorme ! Énorme ! En plus, est-ce que tu as vu qu'il s'est entouré des meilleurs MCs d'Atlanta, hein ? C'est le retour du rap de la rue, le vrai ! Écoute surtout le titre « Came from Scratch », où il y a le featuring avec Quavo du groupe des Migos que tu adores ! »

S'il me parle des arrangements musicaux, c'est parce qu'il en fait lui-même à l'aide d'un matériel léger dans son appartement parisien. Mais les arrangements musicaux peuvent-ils sauver cette voix que j'abhorre ?

Je lui oppose le dernier album de Young Thug, *So Much Fun*, notamment le titre « Hot » avec le jeune Gunna comme invité.

« Je savais que tu allais me parler de Young Thug ! s'écrie-t-il avant d'ajouter : Ça, c'est du commercial, papa ! C'est pour ses tenues que tu l'aimes, hein ? Et puis, toi, dès qu'un artiste est au hit-parade, tu l'adores... Moi, je te dis que ce Gunna, il a trop fait de featurings avec n'importe qui, et ça devient fatigant. Il a raté son propre album. Et puis, franchement, papa, ton Young Thug, est-ce que c'est pas mon Gucci Mane qui l'a lancé, hein ? Est-ce qu'il n'est pas lui-même originaire d'Atlanta, hein ? »

Il sait qu'il vient de marquer des points. Nous en rigolons. Je lui promets de réécouter l'album de Gucci Mane avec un peu plus d'indulgence. Lui aussi jure qu'il va écouter *So Much Fun* de Young Thug avec moins de sévérité.

Boris me connaît bien. Il est vrai que j'admire l'allure excentrique de Young Thug. Son style vestimentaire n'a pas son équivalent dans le monde du rap. Blousons noirs en cuir avec paillettes en or, gros colliers en diamant siglés YSL ou baskets Giuseppe Zanotti aux couleurs d'arc-en-ciel. Difficile de ne pas penser à Prince, le « roi de la funk ». Lui osait des coupes insensées, des hauts moulants en dentelle et de grosses chaussettes lui arrivant aux genoux.

Young Thug suit les traces de Prince, mais les symboles affichés par les deux artistes n'ont pas le même sens : le Kid de Minneapolis cassait les barrières de la conformité et du genre, jetant au passage le doute sur l'habit qui serait affecté à tel ou tel sexe, pratiquant jusqu'à l'extrême le maquillage afin de mieux incarner un personnage asexué, symbole de la liberté du corps et de l'esprit. Dans ce sens, Prince adhérait sans doute à la vision de Michael Jackson qui, dans son autobiographie *Moonwalker*, avait affirmé : « Si la mode dit que c'est interdit, je le fais. »

De l'autre côté, Young Thug évolue dans un milieu du rap qui demeure encore sous l'emprise du machisme, aussi bien dans les paroles qu'à travers le rôle de potiche dévolu aux femmes dans la plupart des clips, les mettant sur un pied d'égalité avec les limousines censées montrer l'opulence de l'artiste. Si par les couleurs éclatantes de sa garde-robe, Young Thug me rappelle le Kid de Minneapolis, ce dernier aura de plus été un acteur de premier plan dans l'abolition des barrières sexuelles.

Avant de lui dire au revoir, je demande à Boris quand il compte enfin me rendre visite à Los Angeles.

Son silence me paraît interminable.

Il n'aime pas les États-Unis. Il a vingt-cinq ans, et depuis quinze ans que je vis ici, je n'ai jamais su le persuader de passer ne fût-ce qu'une petite semaine dans le pays de l'Oncle Sam. La tâche sera encore plus difficile maintenant que j'habite dans le centre de Los

Angeles et non à Santa Monica, au bord de l'océan Pacifique, que je lui vendais avec l'entêtement d'un voyageur de commerce mettant le pied dans la porte.

Je l'entends se racler la gorge avant de lâcher :

« Papa, tu le sais bien, j'aime Paris… »

Biddy Mason Memorial Park

Je n'écris pas que sur mon balcon, face à un palmier filiforme, où chaque matin, comme dans mon Congo natal, un oiseau vient me souhaiter de bonnes choses pour la journée. Aujourd'hui, j'écris dans l'enceinte du Biddy Mason Memorial Park.

Installé sur une des chaises métalliques du parc, crayon en main et cahier sur les genoux, j'affiche ostensiblement la posture de l'artiste en quête d'inspiration. Je mentalise la photo de Mohammed Ali pour m'encourager, elle apparaît, imposante, et plus que jamais m'apportant un élan dans l'effort.

Une petite procession défile en silence sous mes yeux comme pour un enterrement. Des Noirs et des métis, pour la plupart, qui portent des vêtements sombres et restent groupés. Durant la seconde moitié du XIXe siècle, l'Afro-Américaine Bridget « Biddy » Mason fut une des premières femmes noires à marquer Los Angeles. Ces visiteurs circonspects le savent. Et c'est pour lutter contre l'oubli qu'ils sont là…

Biddy Mason s'est libérée de sa condition d'esclave, c'est une chose certaine. Mais le lieu où elle a vu le jour reste un mystère et divise encore les historiens. Certains parlent de l'État du Mississippi, d'autres de celui de Géorgie. Ils s'accordent néanmoins sur le sud-est des États-Unis.

La vie de Biddy Mason aurait été celle de n'importe quelle captive si son maître Robert Marion Smith n'avait décidé en 1851 de déplacer la plupart de ses esclaves vers la Californie, attiré par la ruée vers l'or. Il faudrait au cortège la moitié d'une année pour parvenir en Californie, où l'esclavagiste installerait ses « biens humains » dans la localité de San Bernardino, ville située sur la mythique Route 66, qui, des années 1920 à 1980, reliait la côte Est (Chicago) et la côte Ouest (Santa Monica). L'homme ignorait que la Californie était signataire d'un compromis qui l'avait intronisée territoire libre dans l'Union, parmi vingt-trois autres États du Sud décidés à prohiber l'esclavage une décennie avant la guerre de Sécession. Ce qui, en clair, signifiait que tout esclave né ou résidant en Californie était libre de droit.

Enfin au courant de la situation, le maître s'était attelé à dissimuler ses esclaves dans les montagnes de Santa Monica, projetant de les transférer au Texas où il les vendrait en toute légalité. Mais, en ville, le bruit de ce trafic courait. Les forces de l'ordre firent une descente dans sa cache, constatèrent les faits et délivrèrent sur-le-champ un ordre à comparaître devant la justice.

Tous les esclaves de Robert Marion Smith, dont Biddy Mason, en profitèrent pour introduire leur requête de libération. Mais, à cette époque, les Noirs, même en Californie, ne pouvaient pas attaquer un Blanc en justice. Robert Marion Smith devait se présenter en personne. L'esclavagiste fit défaut, certainement pour ne pas subir un affront public et voir le juge accorder la liberté à ses esclaves avant de le condamner lourdement...

Voilà donc Biddy Mason qui a acquis la liberté. De même que ses trois filles nées dans la plantation de Smith. Elle rêve désormais de commencer une vraie vie. Sa fille aînée – dont le père est inconnu comme celui des deux autres – se marie avec le fils de Robert Owens, un Noir également libéré et qui se lance dans des opérations immobilières à Los Angeles.

Robert Owens présente Biddy Mason au médecin John Strother Griffin, un Blanc originaire du Sud. Ce dernier est si fasciné par sa connaissance de la médecine traditionnelle qu'il l'embauche en tant que sage-femme. Elle aide à mettre au monde plusieurs centaines de bébés, à une époque où Los Angeles compte à peine plus de deux mille résidents, dont une vingtaine de personnes de couleur. C'est dire qu'elle devient plus que populaire dans la ville.

Owens et Griffin la poussent à investir, elle aussi, dans l'immobilier. Elle fait des économies, achète trois terrains dans le centre-ville, sur la South Spring Street. Mais Mason ne fait pas des opérations immobilières au sens strict, elle a surtout le cœur sur la main. La philanthrope fonde, dans sa propre maison, la première église méthodiste noire de Los Angeles, puis une école élémentaire pour lutter contre l'analphabétisme des Africains-Américains. La plupart des pauvres de la ville se donnent rendez-vous chez elle pour se nourrir.

Et comme si ces largesses ne suffisaient pas, Mason vient en aide financièrement aux sinistrés des grandes catastrophes naturelles qui frappent Los Angeles. Les victimes des inondations et des incendies l'appellent « tante » ou « grand-mère »…

En 1891, à sa mort, sa fortune est estimée à plusieurs millions de dollars. Plus qu'un pactole en cette fin de XIXe siècle…

Chaque fois que j'arrive au 333 South Spring Street, je fais instinctivement le tour des allées, à la recherche des maisons construites par cette grande dame. Difficile de les situer exactement, elles ont été remplacées par le Broadway Spring Center – un immense parking à étages qui semble écraser de son poids de béton la mémoire extraordinaire de l'Afro-Américaine. La plupart des visiteurs flânent ici pour découvrir le célèbre Bradbury Building, bâtiment érigé en 1893, deux ans après la mort de Mason, et rapidement déclaré monument historique. On le voit dans des films à succès comme *Blade Runner* de Ridley Scott ou *The Artist* de Michel Hazanavicius.

Devant une telle concurrence, il faut une bonne dose de curiosité pour noter la présence du petit mur mémoriel coincé entre Broadway Street et Spring Street, œuvre intitulée *Biddy Mason's Place : a passage of Time*, que la ville doit aux architectes paysagistes Katherine Splitz, Pamela Burton et à l'artiste Sheila Levrant de Bretteville. Depuis 1990, c'est la dernière demeure de Biddy Mason…

Combien de personnages comme celui de Mason sont encore cachés dans l'ombre de la ville ? L'Histoire a ses secrets qui finissent toujours par ressurgir, mais l'Homme, confortablement installé dans le train de ce qu'il pense être la modernité, détruit les traces, élève des bâtiments sur des lieux où, si l'on prête la bonne oreille, on entend encore les gémissements de ceux qui ont sacrifié leur vie à la grandeur de l'humanité.

Je repars les yeux baissés, le pas hésitant.

À quelques mètres de là, il y a déjà une longue file de visiteurs pour la visite du Bradbury Building, magnifique ensemble architectural et fantaisie d'un milliardaire avisé, Lewis L. Bradbury.

Je me retourne, le contraste est frappant : le modeste mémorial de Mason ne compte plus qu'un visiteur, un vieil homme au dos voûté, une canne à la main. Il rajuste ses lunettes dans le dessein de mieux lire sur la façade la petite biographie de l'esclave devenue une riche sage-femme…

De l'eau en général et du feu en particulier

Il pleut à Los Angeles depuis trois jours.

C'est un événement, j'allais dire une bénédiction. Je peux compter sur les doigts des deux mains les jours de pluie durant mes quinze années de vie en Californie ; en tout cas, je n'ai pas le souvenir qu'il y en ait eu de façon aussi continue.

Est-ce que ça calmera l'inquiétude majeure des Californiens à propos de la sécheresse ? Paradoxalement, et c'est au moins un sujet de réjouissance, nous habitons la région la plus riche et la plus écologique au monde, avec au moins 40 % du territoire couverts par des forêts où se côtoient des milliers d'espèces de plantes, presque un millier d'espèces animales. Les oiseaux migrateurs, sans doute mal informés de nos soucis, ont une prédilection pour ce lieu d'hivernage, en particulier dans la région centrale de l'État.

Je ne peux maudire la pluie quand j'ai eu, comme tous les Angelinos, le lugubre privilège de vivre les incendies de 2017 et de 2018, ceux du comté de Butte, au sud ; et ceux des comtés de Los Angeles et de Ventura, au nord. Ces tragédies ont poussé nos autorités à renouveler leur discours sur la « conscience environnementale », et nous recevons constamment des prospectus à ce sujet.

Ces incendies historiques, Camp Fire et Woolsey Fire, ont duré plus de deux semaines, pendant lesquelles nous suivions heure par heure à la télévision le décompte des rescapés, les témoignages des habitants, ceux des pompiers œuvrant nuit et jour, tandis qu'à leur habitude les politiciens se renvoyaient à la figure la responsabilité du drame. Le bilan avait fait état de plus de quatre-vingt-cinq morts, de quatorze mille propriétés brûlées, de milliers de déplacés, et de la fermeture de certaines réserves comme celle de Santa Monica Mountains National Recreation Area, alors que l'accès à la plage de Malibu avait été interdit au public.

La Californie, première puissance agricole avec des millions d'hectares utiles et grenier des États-Unis, a plus que jamais besoin d'eau pour la survie de ses champs. Conscient de cette menace de sécheresse, amplifiée par la peur du réchauffement climatique, l'État a pris des mesures sur cinq années afin de reculer l'échéance d'une catastrophe. On a construit des barrages, stocké de l'eau, réduit la consommation familiale, régulé l'irrigation, taxé ceux qui s'obstinaient à creuser des piscines. C'est seulement en 2017 que le gouverneur Jerry Brown (auquel a succédé Gavin Newsom) a annoncé la fin de la sécheresse dans la Californie, nous enjoignant de ne pas baisser la garde.

C'est encore Jerry Brown qui, face aux ravages des incendies de Camp Fire et de Woolsley Fire, a prôné l'approvisionnement en énergies renouvelables et neutres en carbone, objectif à atteindre avec l'utilisation de l'énergie solaire. Une politique planifiée pour le quart de siècle à venir. Malgré les efforts de notre ancien gouverneur, le président Trump a jugé bon d'« incendier » notre État par un des tweets dont il a le secret : « *There is no reason for these massive, deadly and costly forest fires in California, except that forest management is so poor* », accusant la Californie d'être elle-même à l'origine de ces catastrophes naturelles, et ce à cause de la mauvaise gestion de son environnement. Les Californiens excédés l'ont traité de « porc ».

Est-ce que l'attaque de Trump visait le démocrate Jerry Brown ? Trump aurait-il tenu les mêmes propos à l'époque où un républicain, Arnold Schwarzenegger, gouvernait la Californie ? Schwarzenegger a pourtant applaudi les mesures prises par Jerry Brown, et il a été rejoint par des personnalités aussi fortes que celle d'Al Gore, ancien candidat à l'élection présidentielle de 2000 et ancien vice-président des États-Unis de 1993 à 2001 sous Bill Clinton.

Personne aux États-Unis, républicain ou démocrate, ne met en doute l'implication d'Al Gore dans les questions environnementales. Il est le fondateur, en 2005, du Climate Reality Project, organisation à but non lucratif dont l'objectif est non seulement de résoudre les crises liées au climat, mais aussi de sensibiliser sur les enjeux environnementaux de la planète. En lui remettant le Nobel de la paix en 2007, ainsi qu'au Groupe d'experts intergouvernemental sur l'évolution du climat (GIEC), les Académiciens ont salué l'esprit d'Al Gore et du GIEC, qui œuvre à une « meilleure compréhension du changement climatique causé par l'homme »...

J'accueille avec joie cette pluie, qui ne fait pas le bonheur de mon voisin Chin-Hae. Il m'a appris que son prénom signifie « Vérité » en coréen.

Il habite au deuxième étage, juste en dessous de chez moi. Je l'ai croisé en début d'après-midi dans le parking, et il a trouvé des raisons de se plaindre :

« Trois jours de pluie ? C'est inacceptable ! Non, non et non ! »

On est entrés dans l'ascenseur, il continuait à fulminer, et je me suis dit qu'il allait finir par porter plainte contre la Nature.

Dès que l'ascenseur a atteint son étage, juste avant d'en sortir, il a encore répété :

« Trois jours de pluie ? C'est inacceptable ! Non, non et non ! »

Chin-Hae rouspète copieusement à chacune de nos réunions de copropriétaires, où il a la manie de promettre qu'il sera bref en prenant la parole, mais la monopolise par de grandes envolées qui s'achèvent généralement avec un coup de gueule contre les autorités de la ville qui « gaspillent l'argent que nous leur confions ».

Les brasiers de Camp Fire et Camp Woolsey n'étaient pas maîtrisés qu'il se plaignait déjà du coût de l'assurance contre les incendies qui atteindrait bientôt des sommets et contre notre syndic qui en profiterait pour nous faire avaler l'addition.

Je me demande vraiment si Chin-Hae est au courant qu'il neige dans certains endroits de la Californie, notamment à Palmdale, à Beaumont, à Lancaster, à Frazier Park, à Big Bear ou à Wrightwood. S'il l'apprenait, ce seraient des arguments supplémentaires pour maudire le temps qu'il fait à Los Angeles, le maire de notre ville et le gouverneur de notre État.

Toujours est-il qu'il nous a fallu voter. Il a été le seul à ne pas suivre l'ensemble des copropriétaires, arguant qu'il allait prendre sa propre assurance pour son appartement et que ce n'était pas son problème si notre immeuble brûlait.

« Ne comptez pas sur moi pour ça ! »

Vol de jour

Le Circle Bar se trouve sur Main Street, à Santa Monica, en allant vers Venice.

Ce bar-discothèque, créé dans les années 1940, est considéré comme l'un des plus branchés de l'ouest de Los Angeles. On y croise des jeunes qui viennent des quatre coins des États-Unis dans l'espoir d'être repérés par les professionnels du cinéma. Un bar ovale occupe le centre de la salle, et les clients gravitent tout autour, un verre à la main, discutant de projets de scénarios, d'adaptations cinématographiques, ou simplement espérant croiser une personnalité avant de se lancer sur une piste de danse toujours bondée.

Malgré l'éclairage rutilant qui jette une ambiance électrique, les photos anciennes accrochées aux murs, de manière étudiée, donnent un cachet littéraire à l'endroit. Parmi les anciens clients de l'établissement, on reconnaît sans mal Jim Harrison et Truman Capote…

C'est sans doute pourquoi j'y ai emmené mon amie de longue date, l'écrivaine danoise Pia Petersen, dès son premier séjour chez moi, à Santa Monica…

Pia projetait d'écrire une fiction dont la trame se déroulerait à Los Angeles. Elle ne se reposait pas une minute, voulant tout voir, tout faire, tout photographier afin d'accumuler le plus de matériau possible pour la précision de son entreprise romanesque.

N'ayant pas le permis de conduire, elle empruntait les bus, marchait sur des kilomètres, s'égarait, m'appelait à la rescousse, et je la retrouvais parfois dans des lieux que je foulais pour la première fois.

Notre amitié n'est pas née ici, aux États-Unis ; j'ai rencontré Pia au début des années 2000, dans un salon du livre, à Balma, dans la banlieue toulousaine. Nous venions de publier nos premiers livres et en assurions la promotion. Le hasard nous avait placés côte à côte, et, depuis, nous sommes liés par les souvenirs de nos déboires de jeunes écrivains dont les noms ne disaient rien au lectorat.

Pia est à ma connaissance la seule Danoise qui publie des romans directement écrits en français. Elle est fière de suivre les traces de Samuel Beckett, de Joseph Conrad ou de Vladimir Nabokov, qui, tous trois, avaient changé de langue d'écriture.

L'identité littéraire de Pia n'en est pas moins complexe : elle ne peut être considérée comme un écrivain francophone, terme réservé d'ordinaire aux écrivains issus des anciens territoires colonisés par la France, et qui ont gardé le français comme langue officielle. Elle ne peut pas non plus être qualifiée d'écrivain danois puisque aucun de ses livres n'a été écrit ou traduit dans sa langue natale. Elle est apatride sur le plan littéraire, et, curieusement, aucune de ses œuvres n'évoque son pays d'origine. Elle a développé une sorte de rejet de sa terre dont le refus d'écrire dans sa langue est la preuve la plus palpable. D'ailleurs, en 2011, lorsque les pays nordiques furent les invités d'honneur du Salon du livre de Paris, Pia ne fut pas conviée. Elle en a beaucoup souffert.

Ma conception de la francophonie va au-delà de la sphère géographique, et exclut le critère de la colonisation pour décréter sa validité dès lors que la langue française est utilisée comme mode principal d'expression. Pia est donc un écrivain français. Beaucoup de ses livres ont pour cadre la Californie et ont été partiellement écrits dans mon ancien logement de Santa Monica, que j'avais coutume de mettre à sa disposition pendant que j'allais chez elle à Marseille, ou chez moi à Paris.

Pia a horreur des discothèques parce qu'il faut danser. J'ai eu du mal à la convaincre de m'accompagner au Circle Bar, et, sitôt que nous y entrons, elle prend place au bar, bien calée sur son tabouret, l'air de signifier aux éventuels cavaliers qu'ils doivent contenir leur ardeur car elle ne fendra jamais la foule pour aller se ridiculiser sur la piste.

Elle m'avait averti avant de partir :

« Si quelqu'un me propose de danser, je lui marcherai sciemment sur les orteils, et ce sera sa faute ! »

Je n'avais pas insisté, puis, sur un coup de tête, elle m'avait dit :

« Tiens, pourquoi pas ? Je te suis ! »

Sur la piste, j'exécute les pas les plus compliqués du *ndombolo*, la danse des deux Congo, sachant que ma chorégraphie décalée doit en laisser plus d'un perplexe.

Mais c'est ainsi, les Congolais dansent la rumba même sur du rock ou de la techno. Je suis du regard une cavalière qui m'a prié de l'attendre, le temps qu'elle aille aux toilettes. Le cliché de la Californienne : une Blanche d'un mètre quatre-vingts aux longs cheveux blonds, soucieuse de sa minceur, la poitrine outrageusement agressive grâce aux implants mammaires. Le courant est bien passé entre nous. Elle m'a demandé si j'habite à Santa Monica et ce que je fais dans la vie, elle a exulté en m'entendant répondre que je suis californien, j'ai la certitude que quelque chose va se passer ce soir-là.

Entre-temps, j'ai perdu Pia de vue. Malgré les appels de ma cavalière revenue sur la piste – elle agite la main haut levée au-dessus de la foule –, je m'inquiète pour mon amie. La dernière fois que je l'ai aperçue, elle était entourée de quatre jeunes hommes aux biceps et aux pectoraux exagérément gonflés et tout aussi exagérément moulés dans des T-shirts blancs. Un vrai boys band et son égérie. Je les ai surpris en train de la convaincre d'écrire des séries télévisées qu'ils présenteront à leurs amis, les plus grands cinéastes d'Hollywood.

Pia les écoute, adossée au bar. Quand nos regards se croisent brièvement, elle a l'air de me supplier de rester là où je suis, de ne pas interférer dans cette complicité flatteuse.

Je la laisse au milieu de ses admirateurs pour retrouver ma cavalière. Mais plus aucune main ne s'agite dans la foule. Les couples se sont formés, la lumière a baissé. Je la repère enfin au milieu de la piste. Au moment où je vais me précipiter vers elle, un rasta me devance, l'enlace, et ils commencent à danser les yeux fermés. Je les dépasse et je feins d'aller aux toilettes en songeant à Kato, un ami brésilien qui m'a fait découvrir l'endroit. Il me disait alors : « Au Circle Bar, la mémoire est courte, il faut battre le fer quand il est chaud. Tu crois avoir dansé et consolidé les choses, tu tournes le dos, un autre attaquant te remplace… »

Lui-même a d'ailleurs épousé la fille qu'il avait rencontrée dans ce bar, ils ont deux enfants et vivent dans le sud de la Californie à Palm Springs.

À une heure du matin, j'accuse le coup de la défaite après avoir vu sortir le rasta et ma cavalière bras dessus bras dessous.

Je propose à Pia qu'on aille ailleurs afin de la délivrer de son boys band.

« Quoi ? Tu plaisantes ! Le bar ferme à deux heures ! »

À ma stupéfaction, elle fend la foule, fonce vers la piste pour se trémousser, bras levés en signe de victoire et poussant des youyous, sous les applaudissements de ses quatre aficionados.

Je quitte les lieux en douce.

Vers trois heures du matin, j'entends frapper à la porte de chez moi. Je colle l'œil au judas et découvre les quatre Californiens, avec une fille inconnue et Pia. Le bruit frise le tapage nocturne. Irrité, je les somme de dégager et menace d'appeler la police. Les visiteurs inopportuns décampent finalement.

Pia boude, enfermée dans sa chambre. Soudain, elle déboule complètement affolée dans la mienne. Le groupe de ses nouveaux fans est parti en embarquant son imperméable acheté en Allemagne.

« Tu comprends, Alain, c'est un habit auquel je tiens. Il m'a coûté la peau des fesses, enfin, je veux dire que je ne peux pas le perdre comme ça !

— Ben, c'est perdu, qu'est-ce que tu veux qu'on fasse ?

— Non, j'ai le numéro de téléphone de la fille, je lui ai envoyé un texto et elle m'a donné une adresse. Il faut qu'on aille chercher mon imper maintenant, s'il te plaît ! »

Nous avons ce soir notre première chamaillerie, et on pourrait croire à une dispute de couple si on nous surprenait dans cet état d'exaspération.

Pas question de me rendre chez des inconnus à presque quatre heures du matin. J'ai trop entendu d'histoires de ce genre qui se terminent mal, avec la photo des victimes en première page des journaux.

Pia me traite de peureux. Je lui promets qu'on ira à la recherche de son imper tôt le matin et, sans attendre sa réponse, je vais me recoucher…

Il est six heures, et nous prenons la route pour Pacific Palisades, une agglomération située à un quart d'heure de Santa Monica. La demeure est sur les hauteurs avec une vue imprenable sur l'océan Pacifique. Pia et moi-même sommes incrédules devant un tel luxe. Nous nous sommes sûrement trompés d'adresse. Nous la vérifions à plusieurs reprises avant d'avancer à pas prudents vers la bâtisse imposante, cossue et au design moderne.

Les portes sont grandes ouvertes et le silence inquiétant. Sur le sol en ciment de l'allée, des traces laissent penser qu'une bagarre a eu lieu dans la nuit. Le coffre de la voiture est entrouvert lui aussi, ce qui ne manque pas de m'inquiéter plus encore. Dans les films noirs, de toute éternité, les coffres de voiture restent la planque idéale pour transporter les cadavres avant d'aller les faire disparaître dans la première rivière venue.

Nous nous approchons du véhicule avec l'appréhension qu'on surgisse de la demeure en ouvrant le feu sur nous. Toujours comme au cinéma.

L'imperméable de Pia est bien là, étalé le long du siège arrière. Nous nous regardons, dubitatifs, avant de vite le récupérer et de courir vers mon automobile pour démarrer en trombe, ne riant aux éclats qu'une fois engagés sur la Pacific Coast Highway (PCH) – la plus belle autoroute du monde, dit-on, longeant la côte depuis la frontière de la Californie avec l'Oregon et se poursuivant jusqu'à la ville de San Diego qui sépare notre État du Mexique…

Nous n'avons jamais plus entendu parler des « producteurs » du Circle Bar, encore moins de la fille qui les accompagnait.

Pia me révèle qu'elle rapportera cette odyssée de Pacific Palisades et qu'elle intitulera son roman *Vol de jour…*

Maison à louer

Hier, j'ai visité la Witch's House, au 516 North Walden Drive, à Beverly Hills.

Je n'y aurais jamais mis les pieds si je n'avais pas vu la veille *Les Collégiennes de Beverly Hills* (ou *Clueless*), tiré du roman *Emma* de Jane Austen, que diffusait la chaîne TNT. Si Austen plonge au cœur du milieu provincial et aisé de la Régence anglaise, le film, lui, privilégie les intrigues amoureuses de la jeune et riche Cheryl qui, après avoir été taxée par son ancien copain de fille superficielle et matérialiste, décide de se rendre utile en mettant en couple des célibataires. Dans une des scènes du film, on voit Cheryl passer devant la Maison de la Sorcière. Je n'avais jamais pensé que la demeure existait réellement. Je croyais à une de ces affabulations des cinéastes américains qui surfent sur la vague du frisson dans un pays où faire peur est une activité qui rapporte gros.

Or la Maison de la Sorcière existe bien. À certains égards, elle me rappelle la maison hantée de Ngolobondo, une bourgade du sud du Congo, où je me suis rendu avec mon ami Paul alors que nous étions tous deux lycéens.

Nous étions arrivés à Ngolobondo à une heure du matin par un train qui avait cumulé les retards depuis la ville de Pointe-Noire. De la gare à la maison familiale de Paul, il nous fallait marcher plus de deux heures en rase campagne. À quelques mètres de la maison hantée, dont j'ignorais jusqu'à l'existence, le bruit de nos sacs de voyage traînés sur le bitume épouvanta une colonie d'oiseaux nichée sur son toit. Au loin, nous avons entendu des gens hurler et fuir en courant. Chacun a pris ses jambes à son cou. Arrivés chez lui, suant et à bout de souffle, mon ami me raconta que le couple de cette maison s'était donné la mort par pendaison. Depuis, entre minuit et trois heures du matin, dans les parages, on croisait, me dit-il, une vieille dame et un vieil homme marchant côte à côte pieds nus, une corde au cou.

La maison hantée de Ngolobondo était bien plus vaste et plus impressionnante que la Witch's House de Beverly Hills que j'ai visitée comme un musée.

Édifiée en 1921 à Culver City – elle-même sacrée à cette époque ville californienne du cinéma grâce aux studios de la Metro-Goldwyn-Mayer –, cette construction de plus de trois cents mètres carrés servait de bureaux aux studios du réalisateur, producteur et acteur Irvin Willat. Quand Willat projeta de la démolir, son collègue, le producteur Ward Lascelle, ainsi que son épouse décidèrent de l'acquérir, puis de la déplacer cinq années plus tard à Beverly Hills pour la transformer en domicile privé. Après un divorce dans les années 1960, Lillian Ward garda le domicile, épousa le boy de la maison dont on ne connaît que le patronyme,

Spadena. Pendant longtemps, la maison serait désignée sous le nom de « Spadena House ». Lillian Ward la vendrait cependant en 1965 à la famille Green, qui elle-même la revendrait à la fin des années 1990 au promoteur immobilier californien Michael J. Libow, l'actuel propriétaire.

Tandis que je visitais The Witch's House, ou, si l'on veut, la Spadena's House, j'entendais un type expliquer à sa fille que, dans sa jeunesse et jusque dans les années 1980, pendant la fête d'Halloween, les propriétaires se déguisaient en ogres, en gobelins ou en fantômes. Je me suis approché pour mieux l'écouter, et l'homme m'a souri tout en poursuivant son explication, qu'il adressait maintenant autant à moi qu'à sa fille dont il caressait affectueusement la tête.

Dans cette maison, on se sent presque comme un personnage de conte. La façade au crépi ocre est tout en creux et bosses, avec un colombage qui en souligne les irrégularités et qui donne le sentiment que l'ensemble pourrait s'écrouler d'un instant à l'autre. Les fenêtres à meneaux, difformes, battues par des volets de guingois, ouvrent sur un paysage d'arbres aux troncs noueux et sur un pont qui permet de traverser un petit fossé. Le tout est couvert par un énorme toit en chapeau de sorcière.

Je ne m'étonne guère que, à Culver City, la demeure ait servi de décor pour les films muets de Willat. Mais, dans ma culture congolaise, ce genre de familiarités avec les fantômes sont proscrites. Enfants, il nous était formellement interdit de mettre les pieds dans une maison hantée, et si l'on devait passer devant l'une d'elles, on regardait à côté, croisant l'index et le majeur de façon à éloigner les mauvais esprits. C'était une question de vie ou de mort, nous rappelaient nos parents.

J'ai peine à imaginer que des Californiens, eux, croient sincèrement que la Maison de la Sorcière a été construite par l'un des sept nains de *Blanche Neige.* Je ne comprends pas davantage qu'elle trouve des locataires, même après sa rénovation par Michael J. Libow. Au Congo, une telle demeure resterait inoccupée jusqu'à la fin des temps…

La fillette écoutait son père avec plus d'attention que moi, dont l'esprit vagabondait. Et au moment où je quittais les lieux, je l'ai entendue murmurer :

« Papa, est-ce qu'on ne pourrait pas louer cette maison la semaine prochaine pour mon anniversaire ? »

Temps mort

Vivre aux États-Unis me prive de voir les matchs de football – que les Américains appellent *soccer* et dont ils pensent que c'est un sport pratiqué par la gent féminine au collège et au lycée, voire dans des compétitions internationales sans grand enjeu.

En Europe, en Afrique, en Amérique latine, on vibre au rythme du ballon rond. Pelé, Platini ou Zidane sont des légendes au même titre que les héros des révolutions ou des champs de bataille. Aux États-Unis, seuls quelques initiés accros mesurent le génie de ces joueurs et ce qu'ils ont apporté dans l'histoire des sports collectifs. Certains Américains ignorent même qu'une Coupe du monde de football s'est déroulée pour la première fois dans leur pays en 1994. Ou préfèrent l'ignorer, car l'équipe américaine n'est arrivée qu'en huitièmes de finale. Une performance néanmoins, pour ces nouveaux venus dans la compétition, qui aurait dû logiquement être médiatisée et assurer son avenir. Le public était au rendez-vous, avec une fréquentation historique de 68 991 spectateurs en moyenne par match.

Frustré des dribbles de mes footballeurs préférés, j'ai jeté mon dévolu sur le basket-ball. C'était inévitable.

Je vis dans la ville des Lakers, la mythique équipe de Los Angeles, une des franchises les plus reconnues dans le monde et qui a remporté à ce jour seize titres de champion de la National Basketball Association ; leur seul concurrent véritable étant les Celtics de Boston qui ont remporté dix-sept titres.

Créée en 1947 à Minneapolis, dans le Minnesota, la franchise des Lakers a migré en Californie en 1958. Depuis, elle a aligné les joueurs qui ont révolutionné le jeu, tels Wilt Chamberlain, Kareem Abdul-Jabbar, James Worthy, Magic Johnson, Kobe Bryant, Shaquille O'Neal, LeBron James. On ne peut pas faire un pas dans la ville sans tomber sur les jaune d'or et violet de leurs couleurs.

En 1984, l'arrivée dans la ville des Clippers n'a pas un instant remis en cause la suprématie des Lakers. Los Angeles compte deux équipes de basket-ball, voilà tout. L'une adulée et légendaire, l'autre n'ayant remporté à ce jour aucun titre de champion de la NBA. Autant dire que les Clippers ne sont pas vus d'un très bon œil dans une agglomération qui voue un culte immodéré aux Lakers. D'ailleurs, l'un des plus zélés supporteurs des Lakers, le rappeur Snoop Dog, ne les a pas ratés : « *The Clippers are the adopted brothers of the Lakers that no one really wanted* », autrement dit : les Clippers sont les frères adoptifs dont personne ne voudrait.

Comme j'aime les outsiders, ceux auxquels on ne donne aucune chance, j'ai soutenu les Clippers un moment. À plusieurs reprises ils ont flirté avec le succès, sans jamais parvenir en finale. Jusqu'au jour où LeBron James a rejoint les Lakers. Alors, je suis devenu un inconditionnel de leur équipe. LeBron a gagné deux titres de champion de la NBA avec l'équipe du Heat de Miami, puis un autre avec l'équipe de l'Ohio, son État d'origine, les Cleveland Cavaliers. Mais, plus que ses victoires, ce sont ses actions en dehors du terrain qui m'émeuvent : pour les enfants des familles précaires d'Akron, sa ville natale, il a construit une école publique élémentaire, la I Promise School. Et l'école n'est pas réservée aux Noirs.

C'est en allant au Staples Center pour assister aux matchs des Lakers que j'ai compris l'importance capitale de la gestion du temps au basket. En effet, les entraîneurs des deux équipes peuvent suspendre le cours du jeu en utilisant le *timeout* ou « temps mort ».

Par exemple, après quelques minutes, un entraîneur constate que son équipe est mal en point, il demande un temps mort. L'arbitre arrête le jeu, l'entraîneur discute avec ses joueurs en griffonnant sa stratégie sur une ardoise. La partie reprend, et c'est l'embellie pour cet entraîneur. Dans les minutes qui suivent, si l'autre équipe est à son tour en difficulté, son entraîneur demande un temps mort pour envisager comment contrer les adversaires qui viennent de reprendre du poil de la bête. Et c'est ce qui me tient en haleine. Ce ne sont ni les muscles, ni les tatouages, ni la fortune des joueurs multimillionnaires, ni la rivalité éternelle entre les équipes de l'est et de l'ouest des États-Unis qui me captivent, c'est que tout peut basculer d'un instant à l'autre grâce à ces instants volés.

Je concède que, au début de mon initiation, je pestais contre ces temps morts et que j'en profitais pour aller aux toilettes et prendre une boisson dans le frigo. Puis j'ai compris que la partie ne se déroule pas que sur le terrain avec les dix joueurs en mouvement. Pour les entraîneurs, ces vieux renards qui s'époumonent pendant la partie, qui apostrophent leurs joueurs mal placés, qui blâment l'arbitrage – parfois au prix d'une pénalité –, le temps mort est une arme redoutable. Un vrai tacticien sait à quel moment le solliciter. Parfois, il est utile de laisser pourrir la situation quelques minutes, en faisant confiance à ses joueurs, car une fin de partie très serrée peut se jouer sur le crédit de temps mort restant à chacune des deux équipes pour retourner la situation.

Peut-être qu'écrire un livre est également une question de « temps morts ». On avance, on est dans le rythme, puis tout semble patiner avant de s'écrouler. L'écrivain doit alors concéder un temps mort pendant lequel il essaiera de reconsidérer les choses avant de se remettre à la tâche.

Le basket-ball m'a appris à multiplier les temps morts, au cours desquels j'abandonne mon cahier pour manger une banane ou une mandarine, répondre à mes mails. Dès que je me remets au travail, mes erreurs les plus grossières deviennent visibles. Je coupe ici, j'ajoute là, je précise une formule, j'abandonne un dialogue qui m'enflammait, le remplace par une phrase simple, et je souris face à mes ruses de coach sportif avec mon propre texte…

Manger bien, vivre mieux

Les fast-foods ont encore de beaux jours devant eux, mais ils ne peuvent plus faire fi de la concurrence sans merci que leur livrent désormais les restaurants du « bien manger » et du « bien vivre » qui fleurissent aux États-Unis, particulièrement en Californie où le culte de la silhouette filiforme a atteint son apogée.

Rien de nouveau cependant. Dans les années 1920-1930, les Angelinos se conformaient déjà aux canons de beauté des vedettes hollywoodiennes. À cette fièvre de perfection s'ajoutent aujourd'hui les recommandations de nutritionnistes à succès, dont Gayelord Hauser qui conseilla des célébrités de l'envergure de Marlene Dietrich, Fred Astaire ou Greta Garbo au long de leur carrière, tout en affirmant qu'il avait survécu à la tuberculose en consommant trente-six citrons par jour.

Dans son sillage, Paul Bragg ouvrit, au début des années 1920, la première boutique de produits naturels en plein cœur de Los Angeles. Jim Bakery alla plus loin, créant en 1969 The Source Restaurant sur Sunset Boulevard, haut lieu de diététique associée à des principes de spiritualité venant de l'Inde. Jim Bakery aimait s'entourer de vedettes, plus encore exhorter ses « compagnes spirituelles » à l'amour libre, quand ce n'était pas à la consommation de drogues. Celui qui se prétendait être un envoyé de Dieu fut rapidement qualifié de gourou par ses détracteurs. Son restaurant resta néanmoins reconnu pour avoir incité les Californiens à se soucier de ce qu'il y avait dans leur assiette, en dépit des pratiques mystiques de son patron.

Los Angeles affiche partout le rêve du bien manger et du mieux vivre, comme en témoignent les publicités qui mettent en scène des stars glorifiant tel ou tel régime alimentaire, mais surtout elle a fait des substituts et des compléments alimentaires une des inventions les plus lucratives de notre époque.

Ici, c'est l'empire des végétariens, des végétaliens avec graines, algues et champignons à la carte, des lacto-ovo-végétariens qui acceptent œufs et lait, des vegan qui refusent même de porter des chaussures en cuir, et la liste ne fait que croître avec les restaurants spécialisés qui ouvrent à tous les coins de rue. Sur Colorado Boulevard, Organix offre un menu complètement végétarien, vegan et, faut-il le préciser, sans gluten pour les clients souffrant du diabète. Même son de cloche chez The Ridiculous Baking à Hollywood, une pâtisserie vegan, ou chez Nutrition Haus, spécialiste des compléments alimentaires bios et vegan dont les Américains tirent une fierté particulière parce qu'ils sont fabriqués sur place. Les amateurs de pizza végétariens ou vegan trouveront leur bonheur chez Cruzer Pizza, sur Prospect Avenue, et la cuisine dite « exotique » suit le mouvement avec le restaurant éthiopien Azla Vegan ou le japonais Shojin sur South

Alameda Street, qui produit une cuisine à base de plantes, macrobiotique et sans gluten.

Face à cet enthousiasme pour la diététique, Humberto me dit :

« Mais pourquoi n'arrêtent-ils pas tout simplement de manger au lieu de nous casser les pieds ? Parce qu'ils croient que les végétaux ne souhaitent pas vivre comme nous et qu'ils n'ont pas une âme ? »

En Afrique, le règne végétal fait partie de la cosmogonie et gouverne le comportement des humains. Et si nous ne consommons pas tel ou tel animal, ce n'est pas pour des raisons diététiques, mais parce qu'il est le gardien de notre groupe social, le lien entre nous et ceux qui sont partis dans l'autre monde. Un arbre ou une herbe tient tout aussi bien ce rôle, car on ne sait jamais sous quels traits nos ancêtres se réincarnent et nous côtoient au quotidien. C'est ainsi que, dans la forêt congolaise du Mayombe, on n'abat pas n'importe quel arbre, de peur de trancher le cou à l'un de nos aïeux.

Humberto me dit que plane le même état d'esprit dans la culture de sa contrée mexicaine de Guadalajara...

La nouvelle machine

J'avoue avoir cédé au culte californien du corps, et je fréquente régulièrement la salle de sport 24 Hour Fitness, sur Wilshire Boulevard. Lorsque j'arrive à Paris, je me rends du côté de la place de la République, au Clud Med Gym, avec la volonté de garder la forme, sans pour autant tomber dans les excès des Angelinos. C'est dans cette salle qu'il m'est arrivé de m'entraîner avec mon ami et collègue, l'écrivain américain Douglas Kennedy. Et, tous les deux, nous avons pris l'habitude de comparer les salles américaines à celles de Paris, moins vastes, ça n'étonnera personne…

Aujourd'hui je suis au 24 Hour Fitness.

Beaucoup d'adhérents, et j'en fais partie, se sont plaints qu'il manquait un équipement pour travailler les muscles du dos. Le seul de ce genre était sans cesse en panne.

Avec le nouvel appareil, il faut savoir s'étendre parfaitement à plat ventre, jambes un peu écartées, et faire les mouvements en prenant garde de ne pas mettre sous pression sa colonne vertébrale. C'est un exercice complexe. À quelques mètres de là, deux coachs surveillent les tâtonnements de ceux qui ne veulent pas payer leurs services. Ils interviennent de loin si les adhérents se mettent en danger. C'est ce qui se passe avec moi. Je n'ai pas écarté les jambes comme il faut.

« *Your legs, please !* »

Je n'y parviens toujours pas. Au moment où je tire les poids vers moi, je perds l'équilibre et resserre les jambes.

Toujours à plat ventre, je vois une ombre qui approche.

C'est Rebecca. Elle m'a entraîné pendant une semaine, puis elle a eu l'honnêteté de me dire que je maîtrisais suffisamment la plupart des machines pour ne pas jeter mon argent par les fenêtres.

Elle maintient mes jambes pendant que, toujours à plat ventre, j'attrape les deux poignées de la machine, comme si je conduisais une bicyclette.

« *Pull up !* »

Je me concentre et soulève.

Son collègue, de l'autre côté, applaudit.

J'accomplis facilement deux séries de dix, mais Rebecca ajoute des poids. C'est avec peine que j'arrive au terme des quatre séries recommandées.

« *Good job !* », fait Rebecca avant d'aller rejoindre son collègue.

Le Mamba noir

La disparition du basketteur Kobe Bryant, le joueur mythique de l'équipe des Lakers, met toute la Californie en émoi. Dans les rues, je ne croise que des gens portant des maillots jaune d'or et violet, les couleurs de l'équipe, avec dans le dos les numéros 24 ou 8 du « Mamba noir ».

En 2016, il avait pris sa retraite auréolé de cinq titres de champion de la NBA. La plupart des jeunes vouaient un respect sans mesure à ce basketteur d'exception. Pour nombre d'entre eux qui n'avaient pas vu jouer les prédécesseurs du Mamba noir – Kareem Abdul-Jabbar, Magic Johnson, Shaquille O'Neal, James Worthy ou encore Derek Fisher –, Kobe Bryant était indétrônable.

Des petits groupes de fans dépassent mon immeuble et se dirigent vers Staples Center, complexe sportif où les Lakers jouent leur match à domicile, sous la protection d'un portrait du disparu entouré de fleurs.

Je ne cède pas à la tentation de m'y rendre. Il doit y avoir un monde fou, là-bas. La télévision diffuse les images de supporters éplorés qui viennent déposer leurs offrandes devant ce nouveau lieu de culte.

Gianni, la fille de Kobe, était souvent assise au premier rang pendant les matchs. Ce qui lui avait valu une célébrité précoce. Tout le monde prédisait un avenir radieux dans le basket-ball féminin à cette adolescente dont l'agilité rappelait celle de son père. Kobe, à la retraite, la préparait pour ce grand challenge.

Mais Gianna a péri dans le même accident d'hélicoptère que son père. L'engin s'est écrasé au-dessus de Calabasas, un coin huppé, à une cinquantaine de kilomètres de Los Angeles, où vivent des personnalités telles que Kanye West et Kim Kardashian.

La veille de sa mort, le Mamba noir avait vu son record de troisième meilleur buteur de l'histoire de la NBA dépassé par une autre légende toujours en exercice, LeBron James, qui avait intégré les Lakers deux ans plus tôt. Le dernier message de Kobe sur son compte Twitter fut pour féliciter LeBron.

Little Ethiopia

Pour la quatrième fois en deux semaines, je déjeune dans le quartier de Little Ethiopia, que je fréquentais déjà lorsque je vivais à Santa Monica où je n'avais pas trouvé un seul restaurant africain.

De Santa Monica à Little Ethiopia, je roulais plus d'une demi-heure, voire quarante minutes à cause des fameux embouteillages de l'autoroute 405. C'était le prix à payer pour sentir monter à mon palais la saveur mi-sucrée, mi-salée qui me ramène toujours à la cuisine de ma mère, Maman Pauline. Mais, je le confesse, cette sapidité est enfouie loin dans mon inconscient, et il est inutile de me demander sa recette. Je n'ai jamais réussi à en percer le secret. En revanche, je vois nettement ma mère disparaissant dans la fumée d'une bicoque en planches, avant de réapparaître avec un plat odorant qui me rendait fou : du porc et des tubercules de manioc cuits à l'étouffée dans des feuilles de bananier.

Quels ingrédients pouvait-elle bien utiliser pour obtenir cette sauce qui perdurait sur la langue, envahissait les parois nasales et me faisait fermer les yeux de plaisir. Évidemment, ce n'est pas dans un restaurant éthiopien de Californie que je tomberai sur ce plat de mon enfance…

Aujourd'hui, il me suffit d'emprunter Wilton Place Street, et me voilà presque sur Farfaix Avenue, d'où j'aperçois Little Ethiopia, coincé entre les boulevards Olympic et Pico. Les couleurs des bâtiments sont vives. Du jaune, du vert, du rouge. Boutiques d'alimentation, de souvenirs et restaurants s'enchevêtrent dans une ambiance festive, prompte à me rappeler mon continent d'origine.

Little Ethiopia a commencé à s'étendre le long de Fairfax Avenue au début des années 1990, remplaçant peu à peu les boutiques de commerçants juifs. On l'a d'abord appelé « Little Addis », en référence à la capitale éthiopienne, et ce n'est que dans les années 2000, grâce au maire démocrate, James K. Hahn, et à la concentration de plus en plus massive des populations originaires de la Corne de l'Afrique, que le secteur a été officiellement rebaptisé « Little Ethiopa ».

Certes, la plupart des restaurants sont éthiopiens ou érythréens, et ne représentent pas la cuisine africaine dans son ensemble. Néanmoins, l'Éthiopie est une des nations dont nous autres Africains sommes le plus fiers. Dans Messob Ethiopian Restaurant, on tombe nez à nez avec le portrait d'Haïlé Sélassié Ier, le dernier empereur éthiopien, considéré par le mouvement rastafari comme le dirigeant de la Terre. Son héroïsme est mis en valeur par les artistes, photographes ou peintres, fièrement exposés par le propriétaire des lieux.

Dès que le patron m'aperçoit, il m'accueille, débordant de gentillesse, me prend dans ses bras en me frôlant de sa petite bedaine et s'extasie :

« Mon frère du Congo-Brazza ! Bienvenue chez toi ! »

Sur fond de musique éthiopienne, parfois accompagné par Bob Marley, l'ambassadeur planétaire des rastas, il me raconte la geste d'Haïlé Sélassié, lequel a refusé de reconnaître la colonisation italienne, en digne représentant de la dynastie des rois David et Salomon. Puis je commande toujours le même plat, le *kitfo*, que j'affectionne à cause du goût mêlant la viande hachée épicée et le fromage maison, le tout servi sur une sorte de grande crêpe très fine, l'*injera*. C'est ce plat qui se rapproche le plus de celui que préparait ma mère. Mais sans porc ni tubercules de manioc !

Le patron reste planté devant moi comme pour surveiller les premières bouchées de mon *kifto* et mon verdict sur la cuisson. J'opine du chef tandis qu'il me souffle :

« Il faut plutôt remercier le roi Haïlé Sélassié et Bob Marley… »

J'apprendrai bientôt le coréen

J'entre dans le Starbucks de la 6th West Street à Koreatown, à moins de cinq cents mètres de ma salle de sport. C'est l'un des meilleurs établissements de la chaîne dans le quartier. Probablement grâce à son espace aménagé derrière le bar, avec fauteuils relaxants, mais aussi grâce à son immense et dépaysante terrasse, avec ses palmiers géants parfaitement taillés et sa vue sur les toits de tuile des maisons alentour.

Aujourd'hui, la salle est presque vide et j'entends, venant de derrière moi, une femme qui parle coréen en détachant exagérément les mots. Le ton doctoral me rappelle celui de mes instituteurs.

Je me retourne pour découvrir une Asiatique dans la quarantaine. Elle s'adresse à un homme blanc d'à peu près son âge, lequel lui répond avec une déférence marquée. Je comprends aussitôt que la femme lui apprend le coréen. Elle utilise un livre pour enfants et lui fait répéter des phrases entières. L'homme a beau se montrer très attentif, son fort accent américain me fait craindre que l'apprentissage prenne une éternité. Mais il ne faut pas se fier aux apparences : la Coréenne, elle, est très fière de son élève et cherche à ce que tout le monde sache qu'elle promeut sa langue natale, et que c'est la plus belle du monde.

L'Américain frappe son front de la paume lorsqu'il trébuche sur un mot. La Coréenne l'encourage, l'incite à boire un coup avant de lui montrer une autre illustration aux couleurs éclatantes.

La serveuse me tend le chocolat que j'ai commandé. Je lui souris, elle me sourit en retour et me souffle : « Mi-Kyung enseigne chaque dimanche le coréen ici… Elle est la plus cool de nos clients. Vous pourriez peut-être prendre des cours avec elle ! »

Je la remercie et lui dis que j'y songerai. Après tout, le coréen est une des langues les plus parlées dans le centre de Los Angeles.

Afin d'achever de me motiver, la serveuse m'apprend qu'elle-même s'y est mise depuis un moment. Le résultat, précise-t-elle, reste mitigé du point de vue linguistique. Elle ne peut pas encore soutenir une véritable conversation, mais le fait de dire quelques mots aux commerçants, à Koreatown Galleria sur West Olympic Boulevard ou encore à MaDang the Courtyard sur South Western Avenue, suffit à lui faciliter la vie. Et parfois elle repart même sans payer grâce à la fierté nationale des Coréens, prêts à quelques sacrifices pour entretenir la flamme de la jeune Américaine.

« Quand je vais dans leurs magasins, ils sont une dizaine à m'entourer pour m'apprendre à prononcer un mot. Le problème, c'est que la prononciation n'est jamais la même ! », me confie-t-elle.

Je sais maintenant comment m'approvisionner gratuitement dans ces centres commerciaux. L'effet sera certainement décuplé si c'est un Africain qui jette son dévolu sur leur langue…

Avant de sortir du Starbucks, je jette un dernier coup d'œil à l'élève et à l'enseignante. Ils me fixent tous les deux du regard, comme pour me signifier qu'ils ont bien remarqué ma curiosité, même lorsque j'ai feint d'orienter l'objectif de mon téléphone vers la terrasse pour les photographier discrètement. Mais leur sourire est une approbation.

Je les salue donc de la tête, et ils font de même…

Au Whole Foods Market

Cette après-midi, je ne trouve pas de place pour me garer devant le Whole Foods Market où j'ai l'habitude de faire mes courses. La chaîne américaine a la particularité de vendre des produits plutôt chers mais naturels et organiques, « sans graisses hydrogénées, sans colorants, sans arômes et sans conservateurs artificiels », vante leur publicité.

En 2018, Whole Foods Market a défrayé la chronique avec un tout autre genre de publicité, à ses dépens cette fois. La direction avait adressé une vidéo à ses salariés leur expliquant comment contrecarrer la création d'un syndicat, ou du moins comment freiner les actions syndicales au sein de l'entreprise. Après que la vidéo avait été rendue publique, des enquêtes menées au sein de la boîte avaient fait état de pressions sur le personnel.

Cette manœuvre purement libérale n'empêche pas la chaîne de connaître un succès croissant, avec une clientèle de vedettes du cinéma pourchassées dans ses magasins, surtout dans celui de Beverly Hills sur North Crescent Drive, où les parkings sont occupés par les paparazzis en planque, l'objectif orienté vers l'entrée principale. Là-bas, il est quasiment impossible de trouver une place pour sa voiture. Mais, en principe, ce n'est pas le cas ici, dans le Whole Foods Market de la 3rd Street dont le parking est aussi grand qu'un terrain de football.

J'avise, furieux, une immense voiture qui prend presque trois places à elle seule. Je refais le tour du secteur en râlant. J'emprunte Fairfax Avenue et arrive au Los Angeles County Museum of Art (LACMA) sur Wilshire Boulevard.

Rien à faire, ce n'est pas mon jour. Je capitule.

Sur le chemin du retour, je ne cesse de repenser à cette grosse voiture encombrante, un modèle de Cadillac que je vois pour la première fois. Et la formule de Frédéric Dard, *alias* San Antonio, me traverse l'esprit : « Le seul mérite des bagnoles américaines, c'est qu'on peut transporter des cadavres dans leur coffre sans avoir à en replier les jambes. »

Pourquoi les morts ont peur des ponts ?

À l'est de Los Angeles, on peut contempler les splendides montagnes de San Gabriel, mais aussi traverser le Colorado Street Bridge, également connu sous le nom de « pont du Suicide ». Cet ouvrage impressionnant, érigé au début du XXe siècle, a coûté aux contribuables américains plus de quatre millions de dollars.

À l'Aero Theatre, une vieille salle de cinéma de Santa Monica créée dans les années 1930 par la Douglas Company, avec la particularité de projeter des films vingt-quatre heures sur vingt-quatre et sept jours sur sept, j'ai revu *The Kid* et redécouvert le Suicide Bridge. Charlie Chaplin, ou The Tramp, vient ici à la rescousse d'une jeune femme accompagnée d'un enfant, et qui s'apprête à se donner la mort en sautant du fameux pont.

Moins de dix ans plus tard, pendant la crise économique de 1929, des Américains mirent fin à leurs jours de la même manière. En 1937, une certaine Myrtle Ward, âgée d'à peine vingt-deux ans, délaissée par son mari, fit la une des journaux californiens. Sortant du véhicule avec sa fille de trois ans, prénommée Jeannette, elle avait emprunté la passerelle pour jeter sa fille à l'eau, avant de se jeter elle-même depuis l'extrémité du Suicide Bridge. Échouant sur une branche, puis sur le sable mou de la rivière Arroyo Seco, la fillette fut sauvée, alors que sa mère, hospitalisée, mourut trois jours plus tard. La légende veut que cette femme hante encore les parages du Suicide Bridge à la recherche de son enfant.

En 2011, nombre de Californiens ont lu tout comme moi dans le *Pasadena Weekly* le témoignage émouvant de la rescapée Jeannette, âgée de soixante-dix-sept ans, persuadée d'avoir été sauvée par des envoyés de Dieu...

Depuis la multiplication des tragédies, les autorités californiennes ont pris des mesures de sécurité. Des barrières empêchent les visiteurs de suivre l'exemple de l'acteur, animateur de la chaîne MTV et mannequin britannico-américain, Sam Sarpong, mort en 2015, à l'âge de quarante ans. Les amateurs de séries télévisées avaient pu le suivre dans *Bones* ou *24 heures chrono*, et *American Story* pour finir... Malgré les exhortations de sa famille et des pompiers de Los Angeles à revenir à la raison, il s'était jeté dans le vide, à la stupéfaction du public qui regardait la catastrophe en direct.

Je reste dans la voiture.

Je ne m'approche pas trop du pont. Je dois cette précaution aux croyances de mon pays d'origine. Au Congo, on dit que les ponts sont habités par des esprits maléfiques qui ne parviendraient pas à traverser le cours d'eau afin d'atteindre l'autre monde où ils reposeraient enfin en paix. Tout enfant, j'avais demandé à mon père, Papa Roger, ce qui causait la phobie des ponts chez les morts. Je me rappelle encore la profondeur de ses propos :

« Les défunts ont peur que le pont s'écroule et de se noyer. C'est pourquoi ils s'agrippent aux pylônes et aux suspentes en attendant le jour où le Seigneur leur accordera un autre moyen de déplacement pour enfin arriver là-haut… »

Le Suicide Bridge a aussi ses morts qui attendent d'aller au ciel.

Je passe encore quelques instants dans la voiture à regarder le soleil qui s'apprête à se coucher et le pont, lequel s'étend pareil à une immense pieuvre dans une atmosphère sinistre de film d'horreur.

Si j'ai maintenant hâte de faire demi-tour, ce n'est pas à cause de la nuit qui tombe, c'est parce que, sur le chemin de l'aller, j'ai dépassé un gros raton laveur écrasé par un véhicule et, lorsque par mégarde j'ai klaxonné, une tribu de corbeaux s'est envolée de la végétation alentour.

Je n'ai même pas pris une photo. Pas question de rapporter chez moi ces visions maléfiques…

Air Jordan 11 Retro Bred

Le fils de mon cousin Gilbert m'écrit depuis le Congo.

C'est la première fois que je reçois un message de lui. J'ignore comment il a trouvé mon adresse électronique. Il me dit qu'il a vu sur le Net une nouvelle paire de baskets lancée par Nike. Il me somme presque de la lui faire parvenir, sans même une formule de salutation à la fin de sa requête.

Il a bien eu le temps de noter le modèle : Air Jordan 11 Retro Bred.

Il a joint un fichier pour que je voie l'image de la paire convoitée.

Il insiste pour que, surtout, je ne me trompe pas dans mon achat.

Je fais des recherches sur un site de vente en ligne : la paire coûte presque trois cents dollars. C'est cette somme que j'envoie régulièrement à son père qui souffre de maux d'estomac et d'hypertension artérielle. Comment ce dernier prendrait-il une dépense aussi futile ?

Je suis convaincu que le petit a fait sa demande dans le dos de Gilbert.

Je suis tenté de lui offrir ces Jordan, mais ça suscitera immanquablement la jalousie de ses frères, voire d'autres enfants de notre famille, même les plus éloignés dans la parenté. Le petit ne pourra pas s'empêcher de se vanter de ses baskets venues directement des États-Unis, loin des grossières contrefaçons vendues sur les marchés du pays. Pour couronner le tout, il dévoilera qui est à l'origine de ce cadeau. Il n'aura d'ailleurs pas à le faire, puisque notre famille ne compte pas d'autres membres que moi en Amérique. Je ne serais pas étonné de recevoir aussitôt d'autres commandes.

J'envoie un message par WhatsApp à Gilbert pour le mettre au courant de la demande de mon « neveu », puisque dans notre culture le terme de « cousin » est humiliant et pratiquement banni. En gros, je ne suis pas le cousin de Gilbert, puisque je suis son frère, donc ses enfants sont mes neveux.

Gilbert me répond une demi-heure plus tard :

« Mon cher frère, ton neveu t'a écrit pour les Jordan 11 Retro Bred ? Il ne cesse en effet de me les réclamer depuis deux mois. Je lui ai dit que je n'avais pas d'argent, qu'il devrait voir ça avec son oncle qui vit à Los Angeles. »

Halloween et le musée de la Mort

Je ne sors jamais pendant la période de la fête d'Halloween. Sans doute parce que ce n'est pas ma culture, même si cette tradition se propage dans le monde, touchant jusqu'à mon continent d'origine. Cette année, comme à l'accoutumée, je suis resté chez moi, loin des enfants déguisés en morts vivants qui viennent frapper à votre porte pour obtenir des friandises.

En cette soirée, toutes les chaînes de télévision rediffusent des films d'horreur, et je regarde *Halloween ou La nuit des masques*, le film culte de John Carpenter sorti en 1978. Il met en scène le terrible Michael Meyers, né dans un petit village de l'État d'Illinois. À l'âge de six ans, frappé de troubles mentaux, Myers poignarde sa sœur aînée. Elle ne meurt pas, sinon comment ferait-on pour la suite des aventures ?

Après quinze années dans une institution psychiatrique, alors que deux médecins le transportent au tribunal pour son procès, Myers réussit à voler le véhicule et à s'échapper pour regagner son village natal, s'équipant au passage de couteaux de cuisine et d'un masque blanc qui deviendra son signe distinctif, celui que la plupart des Américains choisiront pour se déguiser à l'occasion d'Halloween.

Dans ce film, l'horreur est bien au rendez-vous entre Myers et sa sœur, incarnée par Jamie Lee Curtis. Aucun répit, le moindre bruitage annonce une scène d'épouvante, et le clair-obscur qui baigne chaque image suscite une angoisse permanente.

Je n'ai pas pu finir de regarder le film, j'ai été interrompu par mon voisin, le Coréen qui se prénomme Vérité. Il veut me convaincre, cette fois-ci, de ne pas voter pour l'assurance contre le tremblement de terre et de prendre ma propre garantie chez mon assureur habituel, ce qui nous éviterait d'alourdir la cotisation mensuelle que nous payons au syndic. Je lui promets d'y réfléchir, me gardant de lui révéler que je compte bien voter pour cette assurance, on n'est jamais trop prudent. De toute façon, il ne saura rien de mon vote puisque nous y procéderons sur Internet. Malgré mon omission lénifiante, la discussion s'est éternisée, et je ne reviens devant la télévision qu'au moment du générique final.

Je me rabats sur un documentaire consacré au Museum of Death. Je le connais pour l'avoir visité il y a trois ans. Des touristes venus du monde entier se ruent dans ce lieu sinistre. Situé sur Hollywood Boulevard, le musée était originellement basé à San Diego avant d'être déplacé à Los Angeles en 2000. Il a la particularité de regrouper objets, archives photographiques et vidéos liés aux tueurs en série.

Dans cette enceinte macabre, qui tranche sur la clameur festive de Hollywood Boulevard, s'expose l'un des crimes les plus crapuleux de Los Angeles. La victime, l'actrice Elizabeth Short, *alias* « Black Dahlia », fut retrouvée, à vingt-deux ans, dans les parages de Norton Avenue, le corps coupé en deux, les commissures des lèvres largement entaillées, comme si le tueur avait voulu imposer à la jeune femme un sourire terrifiant dans l'au-delà. Ce crime jamais élucidé côtoie la reconstitution du parcours de Charles Manson, serial killer à l'origine du meurtre de Sharon Tate, qui a défrayé la chronique à la fin des années 1960, ici même à Los Angeles.

Henri Landru est aussi à l'honneur avec ses onze victimes entre 1915 et 1919.

Que dire des cercueils, des instruments d'autopsie, des sacs mortuaires et autres atrocités dont les images me hantent encore ce soir d'Halloween ?

On frappe de nouveau à ma porte.

J'entends des chuchotements, et même des rires. Je m'approche pour épier à travers le judas : cinq mômes déguisés en cadavres en décomposition attendent que j'ouvre. Ils ont probablement entendu le son de la télévision et aperçu la lumière sous la porte. Le plus grand insiste et frappe plus fort. Je ne bouge pas, je retiens ma respiration. Sur la chaîne Investigate Discovery, j'ai vu la reconstitution de crimes des plus sordides dont les auteurs étaient des enfants. À partir de dix-huit heures généralement je n'ouvre plus à personne, j'exige même que le facteur ou l'agent de FeDex laisse le colis devant ma porte. Mais, le soir d'Halloween, je redouble de méfiance. Cette phobie remonte à mon enfance. Aux contes terrifiants qu'on nous lisait où les envoyés du diable étaient des gamins nés avec des dents et de la barbe.

Les minutes semblent s'étirer.

Dois-je vraiment mettre un terme à ce cirque en disant aux enfants de disparaître ?

Au moment où je me décide, je les vois se diriger vers la porte de mon voisin d'en face, que je connais peu car il est souvent en voyage à l'étranger.

Il ouvre sa porte et la referme aussitôt. La scène est pénible, je lis une vive déception sur le visage des gamins.

J'ouvre donc à mon tour, et ils se précipitent vers moi en hurlant :

« *Halloween !!!* »

Je n'ai pas de friandises à leur offrir. Je leur tends un billet de vingt dollars. Une des filles s'interpose :

« Non, nos parents ont dit de ne prendre que des bonbons et des gâteaux, pas d'argent ! »

Je leur explique qu'ils ne sont pas obligés de rapporter le billet à la maison et qu'ils peuvent se rendre en face à la station de mon ami Humberto pour y acheter ce qu'ils veulent.

Le garçon le plus grand les convainc d'accepter, ils prennent l'argent et tournent les talons.

Je referme la porte.

Le documentaire sur le musée de la Mort est fini aussi. TNT est en train de rediffuser le film *Halloween*.

Je renonce à participer à Halloween, si peu que ce soit.

J'éteins la télévision et commence à préparer des pâtes à la sauce bolognaise…

La longue marche

Mon amie romancière Pia Petersen m'a laissé un message vocal sur mon téléphone :

« J'arrive dans moins de dix minutes, tu vas être en retard, comme d'habitude… »

Avant son prochain départ pour la France, nous avons prévu de passer l'après-midi ensemble. Elle loge du côté de Pasadena chez un couple d'Américains qui travaillent à Studio City, dans une boîte de production cinématographique.

Pia et moi nous sommes donné rendez-vous à la station de métro Wilshire/Western, le terminus de la « Purple Line » qui relie le centre-ville à Koreatown. Le Los Angeles County Metro Rail ne possède que quatre-vingt-treize stations, contre les trois cents parisiennes, six lignes qu'on identifie à leur couleur, et cent soixante-dix kilomètres de voies, dont la plupart sont aériennes ou en surface.

En vérité, c'est grâce à Pia que j'ai découvert le métro de Los Angeles. J'ignorais même son existence. Et pour cause ! C'est bien le dernier moyen de locomotion auquel on songe pour visiter la ville. Pourtant, plusieurs millions d'Angelinos l'empruntent chaque jour. Certaines stations bénéficient de leur propre parking, on peut y garer sa voiture pour la journée, une attitude encouragée par la municipalité qui voudrait lutter contre les embouteillages.

La plupart des tunnels affichent des couleurs vives mettant en évidence l'histoire et l'art de la ville. Les stations les plus vastes comme Pershing Square et Union Station sont de véritables lieux de restauration avec des mezzanines et des tables bien rangées. Les quais sont propres, comparés à ceux de New York où l'on tombe sur des colonies de rats progressant paresseusement d'un bout à l'autre de la station…

À la hauteur du Pellissier Building, où se trouve The Wiltern, théâtre renommé pour la qualité de sa programmation de spectacles et de concerts, j'aperçois Pia. Elle a son portable vissé à la main, sans doute dans l'attente d'un signe de ma part. Elle ne me voit pas venir et, quand je mets une main sur son épaule, elle sursaute, manquant de faire tomber son téléphone :

« Tu es en retard de trois minutes ! On voit que tu n'es jamais à pied dans cette ville ! »

Je lui propose galamment de traîner son sac à roulettes.

Elle refuse :

« Tu le sais bien, je ne confie jamais mon sac à quelqu'un… »

Au moment où je m'apprête à m'orienter vers Western Avenue et ses cinquante kilomètres de long, notoirement connue comme un des lieux de prostitution de la ville, Pia me propose de prendre la direction opposée :

« Je vais te montrer quelque chose. Viens, marchons un peu. »

Va pour Wilshire Boulevard.

Ce boulevard est à n'en pas douter le plus animé de la Cité des Anges et celui qui la symbolise. Il parcourt Beverly Hills, Santa Monica ou encore Brentwood, et doit son nom à un homme d'affaires, Henry Gaylord Wilshire, qui s'était enrichi à la fin du XIXe siècle grâce à l'immobilier, l'agriculture et les mines d'or. Mais les Angelinos aiment à rappeler que cet homme est mort pauvre.

Le bruit des roulettes du sac de voyage affole les petits chiens que nous croisons.

Après une quarantaine de minutes, je commence à me plaindre. Est-ce qu'elle compte traverser toute la ville à pied ? Wilshire Boulevard est interminable. Pia, plutôt que de me répondre, accélère le pas. Je hausse la voix, menace de faire demi-tour, elle se retourne, et nous avons une vraie altercation que les passants prennent certainement pour une scène de ménage. On n'est pas loin de l'ambiance électrique d'après la soirée au Circle Bar, quand nous devions courir derrière son imper.

Nous voilà devant le MacArthur Park. Et près de Westlake/MacArthur Station. Pourquoi ne pas avoir pris le métro ? Nous marchons depuis près d'une heure maintenant !

Pia me rassure quand nous arrivons au coin de South Spring Street :

« Ce n'est plus loin… »

Je fais mine de n'avoir pas entendu, vexé d'avoir été roulé. J'aurais dû me souvenir que Pia pratique la marche deux ou trois heures par jour, où qu'elle soit.

Au numéro 453 de South Spring Street, elle m'annonce :

« C'est là ! Tu vas aimer… »

En effet. C'est une librairie : The Last Bookstore.

Pia exulte. Comme mon fils Boris, elle adore souligner mes lacunes américaines. Et jouer les expertes. Elle ne rate pas une occasion de me montrer qu'elle connaît mieux la ville que moi qui y habite.

The Last Bookstore, comme son nom l'indique, est l'une des dernières librairies indépendantes de la ville. Elle a été créée dans un loft de plus de deux mille mètres carrés. On y trouve des livres neufs, d'occasion, rares, des vinyles introuvables, et on y affiche une lutte sans merci contre la fin du livre papier !…

L'espace est un gigantesque dédale de bibliothèques en bois sombre et d'ouvrages artistiquement mis en scène. Tunnels de livres, arches, mobiles donnent un air carrollien à l'ensemble. À l'initiative de mon amie, nous cherchons mes livres – les siens n'étant pas encore traduits en anglais. On tourne un moment en rond, les couleurs des couvertures sont vives, acidulées, fantaisistes, bien loin de l'austérité de l'édition à la française.

On tombe enfin sur un de mes ouvrages. Il est classé au rayon *Gay Literature*. Pia s'en étonne auprès de l'une des libraires qui lui prend l'ouvrage des mains. Elle lit le titre à voix haute : *Letter to Jimmy*, puis parcourt la quatrième de couverture, avant de nous souffler :

« C'est normal, ça parle de James Baldwin. »

Et d'un air de défi, elle ajoute :

« Tous les livres de et sur Baldwin, nous les classons *naturellement* dans la *Gay Literature*... »

Pia et moi rions de cette demi-méprise, et je cite aussitôt à mon amie un petit dialogue* datant des années 1950 entre un journaliste britannique et Jimmy. Le premier avait demandé à celui qu'on considérait déjà comme l'un des intellectuels et des écrivains les plus charismatiques du mouvement afro-américain :

« À vos débuts d'écrivain, en tant qu'homme noir, pauvre et homosexuel, vous deviez vous dire : Mon Dieu, est-il possible d'être plus défavorisé ! »

Avec la finesse d'esprit qui le caractérisait, Baldwin répondit, tout souriant :

« Non. Je me suis dit que j'avais remporté la cagnotte. C'était si choquant qu'il était impossible d'envisager pire sort. Je devais donc trouver le moyen d'en tirer profit. »

En écrivant *Lettre à Jimmy* à l'occasion du vingtième anniversaire de sa disparition, je ne m'adressais pas à Baldwin parce que nous avions la même couleur de peau. Ni parce que je suis né sur la terre de ses ancêtres – l'Afrique ; ni parce que j'ai vécu sur sa terre d'asile – la France ; ni parce que j'écris désormais sur sa terre natale – l'Amérique. L'émotion que j'éprouvais

* *James Baldwin : The Price of the Ticket*, documentaire de Karen Thorsen, Nobody Knows Production, American Masters, 1989.

à me pencher sur son existence chaotique dépassait de très loin ces simples similitudes.

J'écrivais avec l'impression que mon modèle lisait le manuscrit par-dessus mon épaule, avec la discrétion qui le caractérisait hors du champ politique et littéraire. Tout au plus souriait-il lorsque je me perdais en conjectures et en supputations tirées de la lecture de ses œuvres éclatantes de courage et de grâce. Tout, à mes yeux, se résumait chez lui à cette modeste formule de son essai *La Prochaine Fois, le feu* : « Agir, c'est s'engager, et s'engager, c'est prendre des risques. » Et, pour Baldwin, s'engager ne se limitait pas à la question de la « race ». Dans *La Chambre de Giovanni*, il est sans doute le premier écrivain noir à avoir écrit un roman dans un décor français avec des personnages de race blanche uniquement. Et c'est dans ce même livre des années 1950 qu'il a abordé l'homosexualité. En toute logique, le roman est rapidement devenu un classique en Europe, mais il a fait un flop lors de sa parution aux États-Unis.

À cette époque, aussi bien en Afrique qu'en « Amérique noire », on attendait d'un auteur de couleur qu'il traite de la cause noire, du courant de la négritude en vogue jusqu'à Paris où s'étaient réunis la plupart des intellectuels américains menacés par la ségrégation raciale. Baldwin prit le risque de s'insurger contre cette littérature de commande sociale. Et c'est bien ce qui me séduisit d'emblée chez lui.

Assis dans mon bureau du Michigan, ce n'était pas la photo de Mohammed Ali qui me portait alors, mais celle de Jimmy, punaisée au mur au-dessus de ma table de travail. Je la fouillais du regard. Ma propre vie m'apparaissait en noir et blanc désormais, comme cette image. J'entendais autour de moi le pas élégant de Jimmy, son éternel toussotement, je l'emmenais dans les vieux quartiers de Pointe-Noire, au Congo. Il avait le visage du frère que j'aurais aimé avoir, du père biologique que je n'avais pas connu. Muettement, je lui demandais de m'adopter, de prendre ma main. Et comme s'il avait entendu ma prière et dû m'ouvrir les yeux sur ma naïveté, il glissa sous mon regard, un jour, les phrases de David, héros de *La Chambre de Giovanni* : « On ne peut malheureusement pas inventer nos amarres, nos amants ni nos amis, pas plus qu'on ne peut inventer nos parents. La vie nous les donne et nous les reprend, et la grande difficulté est de dire oui à la vie. »

Inconsolable face à cette tardive révélation, j'avais intercalé le portrait de Baldwin entre les pages de mes livres. De la sorte, nous lisions les mêmes textes, nous voyagions ensemble.

Aujourd'hui encore, si je m'attarde sur les rides de son visage, j'ai l'impression d'emprunter des sentes qui débouchent sur une clairière où j'entends sa voix, où il me confie enfin des secrets qu'il n'a pas dévoilés durant son existence. Son sourire est à peine esquissé et change autant de fois que je le détaille. Et puis il y a ces yeux. « Ces grands yeux à fleur de tête que raillait son père, ignorant qu'ils questionneraient plus tard les âmes, perceraient la part la plus ténébreuse de l'humanité avant de se fermer à jamais, avec toutefois la volonté de poursuivre leur quête dans l'autre monde », allais-je écrire au début de ma lettre.

Baldwin a modifié la conception que j'avais jusqu'alors de la création. Car en m'inscrivant dans son sillage, j'ai su que le désespoir, l'agonie intérieure habitent toutes les races. L'écrivain doit inventer un univers où l'homme n'a que l'amour du prochain pour unique salut. Puisque nous ne pourrons nous dérober : « La vie est tragique parce que la terre tourne et que le soleil se couche inexorablement et parce que le jour viendra pour chacun d'entre nous où le soleil descendra pour la dernière fois. »

Baldwin fondait son rêve sur la rédemption de l'individu et la reconquête d'un absolu défini en toute liberté : « Peut-être l'origine de toutes les difficultés humaines se trouve-t-elle dans notre propension à sacrifier toute la beauté de nos vies, à nous emprisonner au milieu des totems, tabous, croix, sacrifices du sang, clochers, mosquées, races, armées, drapeaux, nations, afin de nier que la mort existe, ce qui est précisément notre unique certitude. »

Pia me tire de ma rêverie.

« Même si tu es placé au rayon des auteurs homosexuels, ton livre est à côté de celui de Baldwin, c'est quand même un honneur, non ? »

Je ne réponds pas.

Nous sortons de la librairie. Je propose à Pia que nous nous rendions à Larchmont Village pour y dîner. Mais elle a déjà un rendez-vous prévu avec ses logeurs. J'avais oublié combien mon amie est imprévisible, et qu'elle change de programme à tout instant.

« Quand je reviendrai, je te promets qu'on cassera la croûte où tu voudras... »

Juste avant d'atteindre le métro, elle insiste subitement pour que nous retournions dans The Last Bookstore où elle souhaite me prendre en photo afin d'immortaliser l'habile rangement des milliers d'ouvrages.

J'hésite un moment. Je ne vois pas l'intérêt de la démarche.

« Écoute, on ne sait jamais, cette librairie disparaîtra sans doute un jour. Moi, j'y ai pris plusieurs photos, et ça fait toujours de l'effet quand je les montre en France. »

Je n'ai pas le choix, et nous montons au premier étage pour parvenir à l'endroit précis où Pia veut me voir fixer l'objectif.

« Souris, mon cher ! »

Déjà vu

De chez moi, j'entends le bruit incessant des sirènes de police.

Par réflexe, je me branche sur la chaîne ABC.

Le rappeur Nipsey Hussle vient d'être criblé de balles dans le parking de son magasin de vêtements, Marathon Clothing, sur la West Slauson Avenue, juste à un quart d'heure de mon immeuble.

La semaine dernière, dans ma voiture, j'écoutais en boucle « Racks in the Middle », son dernier titre nommé aux Grammy Awards. Il passait en continu sur la radio Hip-Hop Nation. Le titre, classé parmi les meilleures ventes d'albums de rap, raconte comment, devenu multimillionnaire, lui, l'ancien membre des Crips, un des gangs de Los Angeles, se balade dans le ghetto avec de grosses liasses de dollars, conscient d'avoir sans cesse des tueurs à ses trousses. Paroles prémonitoires. Moins de deux heures avant sa mort, il a laissé sur son compte Instagram un étrange message que les journalistes décortiquent dans tous les sens pour y lire une sorte de testament, insistant sur l'idée que l'artiste a voulu fournir à la police des indices au sujet de l'assassinat dont il allait être victime : « *Having strong ennemies is a blessing* », ou comment avoir de durs ennemis est une bénédiction.

Je me rends sur les lieux du drame.

J'ai garé la voiture à plus d'un kilomètre de Marathon Closing. Je longe Slauson Avenue au milieu des milliers de Noirs qui convergent tous vers le même endroit. La nouvelle a particulièrement secoué la partie de la population qui voyait en Nipsey le nouveau Messie.

La nervosité se ressent partout. On traverse les artères sans jeter un œil à la circulation. Les insultes fusent, sans qu'on sache à qui elles sont destinées. La musique de Nispey Hussle s'échappe en hurlant des voitures à l'arrêt et des ghetto-blasters pour vous déchirer les tympans. La police a déjà formé un cordon de sécurité jusqu'au quartier Crenshaw. Des hélicoptères patrouillent dans le ciel. On ne prend pas cette histoire à la légère. Une émeute est vite arrivée…

Dans les années 1990, j'étais un vrai amoureux du rap. L'assassinat de Nipsey Hussle me rappelle les règlements de comptes entre rappeurs noirs depuis que leurs mythiques aînés, Tupac Shakur et The Notorious B.I.G., ont porté au paroxysme la rivalité entre artistes et fans des deux côtes. À l'époque, cette guerre était attisée par le « gangsta rap », dont The Notorious B.I.G. était l'artiste emblématique à l'est des États-Unis avec son label new-yorkais au nom prédestiné, Bad Boy Records. Tupac, de son côté, basé à Los Angeles, était le représentant de la côte Ouest, tête d'affiche d'un label fondé par Dr. Dre, Suge Knight et The D.O.C., et dont le nom, là encore, ne laissait place à aucun doute : Death Row Records.

Dans leurs chansons, les deux camps ne se faisaient pas de cadeaux, se lançant des noms d'oiseaux, en appelant parfois ouvertement au meurtre. Ce climat délétère imposait à chaque camp de s'assurer une garde prétorienne lorsqu'il se déplaçait sur le territoire de l'autre pour des concerts. Mais la succession des tragédies n'allait pas tarder. Le 7 septembre 1996, Tupac sera atteint de quatre balles à Las Vegas, tirées depuis une voiture, et il mourra six jours plus tard, à l'âge de vingt-cinq ans, sans qu'on retrouve jamais le conducteur du véhicule. On supposa naturellement que le coup avait été monté par The Notorious B.I.G., mais, six mois après, à vingt-deux ans, ce dernier mourra à Los Angeles, dans les mêmes conditions : quatre balles tirées par un conducteur évanoui dans la nature.

Les deux assassinats gardent jusqu'à présent tout leur mystère. Un jeune Afro-Américain de vingt-trois ans, Orlando Anderson, membre des Crips de Compton, dans le sud de Los Angeles, a été désigné comme l'assassin de Tupac. Mais, par un enchaînement logique, lui-même fut assassiné en 1998, emportant avec lui la clé de la disparition d'une des icônes du rap américain.

La mort de Nispey a des allures de déjà-vu pour beaucoup.

Je respire l'odeur de chanvre partout. Les policiers, eux, feignent de ne rien sentir, de ne rien voir. Si en Californie la vente de cannabis est légalisée, le trafic n'en perdure pas moins à haute échelle. L'agitation ne fait que croître, et les autorités décident de disperser la foule. Rien à faire, personne ne bouge. C'est le Prince du ghetto qui vient de mourir, et certains jurent que ce n'est pas la police qui les empêchera d'honorer leur héros mort à trente-trois ans, le côté sacrificiel et christique de cette affaire n'échappant à personne. On ne meurt pas à trente-trois ans pour rien. Un type arborant un T-shirt estampillé du portrait de Nipsey Hussle agite une pancarte du 33 Club : les musiciens et chanteurs Sam Cooke, Donny Hathaway, le rappeur Pimp C, le footballeur américain Derrick Thomas, le compositeur de jazz Paul Chambers, le poète Laurence Dunbar...

Aux premières bombes lacrymogènes, nous courons dans toutes les directions pour nous protéger des brûlures aux yeux. Jamais loin dans la tête des Afro-Américains, il y a aussi l'éventualité que la police ouvre le feu. Des bouteilles sont cassées et les projectiles jaillissent de partout. On compte plusieurs blessés.

Fausse alerte ? Dans le doute, je me précipite vers ma voiture et renonce à me rendre devant le Marathon Clothing.

À la radio, la station Hip-hop Nation retrace la vie du Prince du ghetto : ses origines érythréennes ; son vrai nom, Ermias Davidson Asghedom ; ses collaborations avec les meilleurs rappeurs ou artistes du hip-hop de son temps – Kendrick Lamar, Meek Mill, Puff Daddy, Young Thug ou le Canadien Drake ; son adhésion au « gansta rap » des années 1990 qui a libéré la parole de quartiers entiers qu'on ne connaissait qu'à travers la guerre des gangs, comme ceux de Compton ou de Crenshaw, lieu de naissance de Nipsey.

Avec ces artistes, une autre Amérique s'exprimait soudain, celle qui sortait des geôles et dont le casier judiciaire était lourdement chargé. Ce genre musical était une autre manière d'écrire l'histoire de l'Amérique, du point de vue des dominés et des marginaux. Enfin.

Agacé par les maisons de disques qui se réservent la part du lion, Nipsey décide très vite de couper les ponts avec un système qu'il juge ringard ; il se produit, et fixe le prix d'achat de son album *Crenshaw* à cent dollars ! Jay-Z achète sans broncher cent exemplaires de l'œuvre, propulsant l'artiste sur le devant de la scène.

L'ancien président Barack Obama a envoyé une lettre de condoléances à la famille de Nipsey.

La radio parle également de sa générosité, de l'adoration que lui vouaient les sans-abri de Californie, car il leur fournissait de quoi manger et s'habiller. Sans oublier que, au côté de la police de Los Angeles, il était engagé dans un programme de lutte contre la violence et la guerre des gangs. Ironie du sort, Nipsey se promenait dans le ghetto sans garde du corps, persuadé que le petit peuple serait son bouclier.

Rapidement, un certain Eric Holder, Noir américain âgé de vingt-neuf ans, est soupçonné par la police. Il est présenté comme un rappeur raté, jaloux du succès de son aîné, qu'il aurait côtoyé dans le gang des Crips. Des témoins ont rapporté une violente dispute dans l'enceinte du Marathon Clothing entre les deux hommes. Holder aurait disparu pour réapparaître armé, commettre son forfait et s'enfuir dans une voiture conduite par une femme noire. Les images des caméras de surveillance du magasin confirment cette version. Eric Holder est arrêté, la conductrice relaxée après s'être rendue et avoir fait sa déposition.

Le présumé coupable est incarcéré dans une prison de Los Angeles, encourant une condamnation à vie. L'histoire se répète et le milieu noir américain redoute que Holder ne soit éliminé sans avoir donné une explication à ce crime, comme ce fut le cas d'Orlando Anderson pour l'assassinat de Tupac.

Quiconque visite Los Angeles aujourd'hui voit sur la plupart des façades des œuvres d'artistes de la rue représentant Nipsey Hussle, qu'on reconnaît aisément à sa barbe abondante et à son air impassible…

Le petit Moki

Il y a un nouvel être dans ma vie.

Nous ne nous quittons pas d'une semelle.

Les voisins nous gratifient de compliments chaque fois qu'ils nous croisent devant l'ascenseur.

Mon nouvel ami est un Boston terrier que je viens d'acheter à Whittier, à une trentaine de kilomètres de Los Angeles.

L'annonce proposait les photos d'un chiot qui semblait me supplier de venir le récupérer au plus vite. J'ai hésité pendant deux jours. Puis la crainte de le voir m'échapper m'a fait téléphoner à l'aube au vendeur, Joe, un Mexicain-Américain qui m'a conseillé de me dépêcher car il ne lui restait plus qu'un seul petit. Celui-là même qui me « parlait » par photo interposée.

Bien avant de me lancer sur la route, je me suis documenté sur cette race de Boston terrier qu'on surnomme ici « American Gentleman » – une appellation qui ne manque pas de devenir embarrassante quand il s'agit d'une femelle. Toujours est-il que le Boston terrier est une espèce désormais très populaire aux États-Unis, où il a fait son apparition à la fin du XIXe siècle lorsqu'un certain Robert C. Hooper, habitant à Boston, avait acquis un chien dénommé Juge et issu d'un croisement entre le bull et le terrier. C'est la célèbre association d'utilité publique, l'American Kennel Club, qui l'a désigné comme l'ancêtre de mon petit Moki.

À Whittier, impatient de me rencontrer, Joe me guettait sur le seuil de sa maison à l'architecture coloniale.

Au milieu du salon trônait un grand caisson en plastique dans lequel couinaient un chiot et sa sœur. Le mâle était bien celui que j'avais remarqué dans le journal. Il bondissait, s'excitait, jusqu'au moment où je l'ai pris dans mes bras. Il a commencé à me humer et à manifester instinctivement une joie qui a surpris Joe.

Joe m'a remis les carnets de santé de l'animal, j'ai payé le montant qu'il exigeait, et il m'a offert le caisson en plastique, avec un large sourire :

« Ça pourra vous servir… Quand ils sont tout petits, ils font des dégâts partout… »

Jusqu'à présent, Moki est coopératif. Pour ma part, j'essaie de m'habituer à ses multiples gesticulations et à ses demandes répétées d'affection. Il me fixe longuement, penche la tête en biais et s'assoit en prenant un air des plus malheureux si je ne cède pas à ses appels.

Je me lève, je vais vers lui et le caresse. Mais, ce qu'il veut, c'est être dans mes bras. Quand il a gagné la guerre, il éructe de bonheur. Je lui parle en français, mais aussi en anglais afin qu'il puisse faire face à toutes les situations.

Dans l'ascenseur, mon voisin coréen me demande pourquoi j'ai donné ce nom de Moki à mon nouveau compagnon. J'ai peine à lui expliquer que Moki est un des personnages de mon premier roman, *Bleu Blanc Rouge*. Charismatique et aventurier, Charles Moki est un adepte de la Sape, la Société des Ambianceurs et des Personnes Élégantes. Ce courant, venu du Congo-Brazzaville et de la République démocratique du Congo, exalte le goût de l'élégance, des couleurs criardes et une allure que certains taxeraient de vaniteuse.

Moki, le chien, suivra le chemin de celui auquel il doit ce nom à deux syllabes, simple à prononcer, facile à retenir.

Des oiseaux et des hommes

Je suis allé enseigner à la fac en oubliant d'éteindre la télé !

De retour, depuis la porte d'entrée, j'entends la voix d'Anderson Cooper, le journaliste politique de CNN. J'entre, balance mon attaché-case et moi-même sur le canapé.

Les cheveux gris, la coupe austère, Anderson Cooper sait jouer avec les nerfs de ses invités. Ce jour-là, on parie sur la personne qui sera élue à la Maison Blanche. La question est posée en lettres capitales en bas de l'écran : QUI SUCCÉDERA À DONALD TRUMP ?

Évidemment, il y a deux camps qui s'entre-déchirent. Aux États-Unis, la campagne pour la présidence montre toujours combien la division entre démocrates et républicains est radicale. Les premiers se disent plus républicains que les républicains et les seconds sont persuadés qu'ils sont plus démocrates que les démocrates. Question de sémantique sans doute. Qu'est-ce qu'un républicain ? Qu'est-ce qu'un démocrate ?

Les invités d'Anderson Cooper s'égosillent sans vraiment faire avancer le débat. Je me murmure que

« républicain » est un mot africain. J'imagine les sourires moqueurs au regard de l'état des institutions politiques dans plusieurs nations du continent noir.

Eh bien, en Afrique australe, le « républicain » est une espèce de moineau qui édifie un nid collectif dans les arbres où se reproduiront plusieurs couples d'oiseaux.

En quoi un républicain à plumes est-il différent d'un politicien républicain américain ? Le premier, soucieux de loger ses compères sans nid fixe, n'est pas payé pour sa contribution solidaire, c'est un élan naturel qui l'anime depuis que le monde existe. De son côté, le Parti républicain américain date seulement du XIXe siècle – il fut créé en 1854 par des transfuges du parti démocrate et du parti whig, courant de la droite libérale dont un des principaux objectifs était de mener la vie dure au septième président des États-Unis, Andrew Jackson, durant ses huit ans de présidence de 1829 à 1837. Le président Jackson, dont on peut admirer le portrait sur les billets de vingt dollars américains, se passait en effet de la permission du Congrès pour procéder aux retraits des dépôts à la Banque des États-Unis. Si on lui reconnaissait une stature de grand homme d'État, on lui reprochait parallèlement son inclination pour la déportation des Indiens et son soutien à l'esclavage des Noirs.

Les « républicains » africains, eux, ne font pas scission. Jamais. De même qu'ils prônent un système parfaitement égalitaire. Toute l'année, ils volent d'arbre en arbre pour accomplir leur devoir, construire des nids gigantesques, parfois d'une dizaine de mètres de haut, où des centaines de leurs pairs peuvent se retrouver, et même sur plusieurs générations. Le droit au logement, nos oiseaux africains en savent quelque chose. Et je me dis que les républicains américains devraient prendre quelques leçons chez leurs homonymes d'Afrique australe…

Pourtant, il ne faudrait pas trop charger les républicains de chez l'Oncle Sam. On oublie souvent que leur parti a été fondé à partir d'un programme antiesclavagiste, et c'est sans doute ce qui explique leur domination sur les démocrates durant près d'un demi-siècle après la guerre de Sécession.

Mais le républicain de nos jours est-il encore antiesclavagiste ? Lutte-t-il toujours pour la cause suprême de l'opprimé ? Je ne crois pas. En 2004, en pleine campagne électorale, on apprit que le vice-président des États-Unis, Dick Cheney, qui est républicain (donc philanthrope, soucieux des valeurs morales, si l'on se fie à ses ancêtres politiques), avait voté farouchement contre l'appel à la libération de Nelson Mandela, enfermé dans les geôles sud-africaines pendant vingt-sept ans.

Et comme si cela ne suffisait pas, le même Dick Cheney s'était opposé avec l'énergie de désespoir à la proposition d'une journée nationale à la mémoire du pasteur noir américain Martin Luther King…

Y a-t-il des oiseaux appelés « démocrates » dans la brousse africaine ? Je l'ignore. Dans mon pays d'origine, tout le monde parle de démocratie. Et j'imagine toujours le démocrate du Congo comme un énarque, un type à la cravate nouée avec une rigueur toute militaire, qui utilise à tort et à travers le subjonctif imparfait. La moindre discussion à ce sujet s'enrichit d'arguments étymologiques formulés béatement : « Démocrate ? Mais le mot vient du grec *dêmos* (peuple) et *kratos* (pouvoir)… » C'est dit. On est heureux. On a l'impression d'avoir étudié le grec depuis le séminaire.

Ainsi, dans une démocratie, c'est le peuple qui exerce la souveraineté, tout le monde est bien d'accord là-dessus, même en Amérique. Alors pourquoi s'embêter avec ce collège de « grands électeurs », ces types qui doivent désigner le président de la République à la place du peuple ? L'équation américaine est la suivante : vous votez, votre État crédite un nombre donné de représentants à votre candidat à l'élection présidentielle. Tous les États n'envoient pas le même nombre de délégués, la Californie, le Texas et la Floride sont les plus « nantis » avec, respectivement, cinquante-cinq, trente-huit et vingt-neuf électeurs. Le collège électoral total étant de cinq cent soixante-dix-huit membres, le candidat qui récoltera deux cent soixante-dix votes deviendra le président des États-Unis. C'est une autre forme de démocratie.

Il n'y a pas de définition unilatérale de la démocratie. Le dictateur est toujours convaincu d'agir en démocrate pour le bien de son peuple, et le démocrate ne s'aperçoit jamais qu'il bascule vers la dictature…

Le Parti démocrate américain est plus ancien que le Parti républicain. Pour caricaturer, je dirais que les démocrates défendaient les agriculteurs, au départ. Et puis, de l'agriculture à la démocratie, il n'y a qu'un petit coup de houe à donner. On fait des sillons, on sarcle, on met en marche les moissonneuses-batteuses, on pousse la charrue avant ou après les bœufs, peu importe.

Voilà que ce parti qui défendait la houe, la graine, le pauvre cow-boy et son ranch prend le nom de démocrate. La crise économique de 1929 passe là-dessus. Les démocrates jugent que les pouvoirs publics doivent intervenir dans la politique économique et sociale… Au fil des décennies, des personnalités de grande envergure se jettent dans la bataille au nom de ce parti : Roosevelt, Truman, John F. Kennedy ou Jimmy Carter, Bill Clinton et Barack Obama…

Mais, du jour au lendemain, le parti démocrate ne prononce plus jamais le mot « agriculture ». Parce qu'en Amérique on ne gagne pas une campagne présidentielle en promettant un poste de secrétaire d'État à un bœuf rachitique de l'État du Texas…

Alors que je regarde débattre les invités d'Anderson Cooper, je me persuade qu'il y a des oiseaux « démocrates » quelque part dans la brousse africaine. Dans ces conditions, les rôles pourraient être bien répartis : les républicains construisant des nids pour les couples en quête de logis, les oiseaux démocrates (à rechercher peut-être dans la forêt du Mayombe, au Congo, dont la faune est une des plus variées de l'Afrique centrale) se chargeraient de la nourriture de la collectivité…

Si on voulait vraiment comprendre la politique américaine, il faudrait bien observer les oiseaux et non écouter ces émissions télévisées au cours desquelles chacun veut placer son candidat. Parce que la campagne présidentielle est la période idéale pour l'ornithologie. Des caquètements et des gazouillis à n'en plus finir. Des prises de bec entre ces hommes et ces femmes qui criaillent, les uns accusant les autres de pratiquer la politique de l'autruche, d'être aussi myopes que des taupes, d'avoir tué la poule aux œufs d'or en ruinant l'économie nationale ou de jouer les oiseaux de mauvais augure.

Les Américains savent-ils que les oiseaux sont meilleurs politiciens que les hommes ? Est-ce pour cette raison que leur pays a fait de l'Aigle son symbole ?

La télé vient de s'arrêter automatiquement. La nuit est tombée sur Los Angeles, et j'entends au loin le cri d'un oiseau que j'essaie d'identifier. Mais les aboiements répétés de Moki me coupent dans mes conjectures et me rappellent qu'il me faut le nourrir et le sortir…

Les Américains se sont trompés

La campagne présidentielle bat son plein.

Même si je ne vote pas dans ce pays, je vivais en Amérique au moment de l'élection de Trump en 2016 et de son intronisation à la Maison Blanche en janvier 2017. Sur CNN, parmi les invités d'Anderson Cooper, un intervenant a avancé que les Américains s'étaient trompés. Or, qu'on le veuille ou non, Donald Trump a été élu démocratiquement. Ce président n'a pas pris le pouvoir par les armes ni en changeant la Constitution au dernier moment comme dans certaines républiques bananières africaines, en particulier celles de l'Afrique centrale, comme le Congo-Brazzaville, où il a suffi que le président sortant augmente l'âge de l'éligibilité du candidat pour se maintenir au pouvoir *ad vitam aeternam*.

En 2016, beaucoup de citoyens, tous partis confondus, ont fait part de leur état de « choc » face à la victoire inimaginable de Trump, au regard surtout des sondages qui garantissaient le succès de la candidate démocrate. Avec Hillary Clinton au pouvoir, chacun de nous aurait été conforté dans sa bonne conscience, dans l'idée aussi rassurante qu'erronée selon laquelle la haine, la division et le racisme échouent devant le résultat des urnes, puisque les êtres vertueux, les gens raisonnables sont plus nombreux que les charlatans de l'Apocalypse. C'est cette confiance suicidaire et paresseuse qui a poussé une bonne partie de l'électorat des démocrates à tomber dans un sommeil léthargique tout au long de la campagne présidentielle. Dans ce camp, où des millions d'électeurs auraient préféré voir Bernie Sanders défier Trump à la place d'Hillary Clinton, on a clamé soudain que les carottes étaient cuites. Pourquoi perdre son temps à s'engager si on était sûr que Trump l'emporterait ? Telle était l'atmosphère dans les rangs des démocrates, minés par les querelles internes des adhérents.

Dans le même temps, Trump le Conquérant mesurait scrupuleusement l'ampleur de l'exaspération des laissés-pour-compte, des populations désœuvrées dans des villes comme Los Angeles, des indignés du monde rural, des victimes de la rigueur économique et des Blancs en quête de leur suprématie d'antan, après l'humiliation du double mandat d'un président noir...

Trump avait compris que si la politique consistait à toujours promettre ce qui était irréalisable, il lui fallait promettre la même chose, et réussir là où les autres avaient échoué, dans un laps de temps record.

Le plus surpris par l'issue de cette élection ? Ce fut Trump lui-même. Avait-il vraiment « réussi son coup » ou, inconsciemment, aurait-il préféré perdre pour mieux incarner le nouveau prototype du héros politique américain : celui qui lutte seul contre l'establishment et les médias, capable de s'adresser directement au peuple sans le canal des partis politiques ?

Le voilà couronné malgré un catalogue de promesses toutes plus fantaisistes les unes que les autres. Faire édifier un mur entre les États-Unis et le Mexique : y croyait-il ? Il n'ignorait certainement pas que construire des murs à notre époque, celle de la mobilité et de la culture de l'échange, était une aberration.

Au chapitre des mensonges, reconsidérer l'Obama Care, une assurance maladie qui bénéficiait déjà à vingt millions d'Américains privés jusque-là d'une protection sociale, était sans doute l'un des plus irresponsables.

Que dire des caciques républicains dont il avait décidé de s'entourer, ces mêmes « gens de Washington » qu'il avait houspillés dans tous ses discours de candidat, leur reprochant une corruption politique et économique contre laquelle il s'attaquerait dès les premiers jours de son mandat ? Affronter l'establishment de Washington était assurément un angle de campagne efficace. Les Américains n'avaient pourtant pas oublié que, depuis les années 1980, Donald Trump contribuait aux campagnes électorales des démocrates ou des républicains, en payant chèrement des lobbyistes de Washington qui tentaient de préserver ses intérêts économiques.

À la fois, Trump voulait en être, diriger cette élite républicaine, mais aussi demeurer Donald Trump. Et c'est sans doute pour couper à l'atmosphère solennelle de la Maison Blanche qu'il demande aujourd'hui à passer du temps dans sa célèbre Trump Tower de New York, loin de Washington, alors qu'il doit assumer son mandat. Parce que le Trump Président ne doit pas, à ses yeux, dissoudre le vrai Trump, celui qui agace la communauté internationale, celui qui dérape, qui révolte et qui tweete à deux heures du matin pour régler leur compte à ses détracteurs.

Sur Twitter, Trump est persuadé qu'il n'est pas le président de l'Amérique, un espace trop restreint pour lui, mais de la planète entière, et il veut le lui faire savoir.

Trump est le personnage parfait pour un romancier. Régnant dans le monde de la fiction où le temps et l'espace sont débranchés de la réalité, autonomes, difformes. Au fond, les tourments de l'Amérique actuelle, me dis-je en allant me coucher, résultent de ce clash majeur entre deux personnages antagoniques : l'un ayant tous les pouvoirs grâce au peuple et occupant le Bureau ovale, l'autre voulant coûte que coûte être le pourfendeur de ce même pouvoir depuis sa forteresse au nom approprié, la Trump Tower…

La première promenade de Moki

Moki aboie, les oreilles dressées, la tête en biais. Nous nous comprenons de plus en plus, et je sais que c'est sa façon de me dire qu'il en a marre de l'espace que je lui ai aménagé dans un coin du salon, près du balcon, avec une petite barrière qui l'empêche de déambuler partout et de s'en prendre au canapé qu'il mordille avec acharnement. Comme il n'a pas encore goûté au plaisir des vastes espaces verts, je décide de l'emmener à MacArthur Park pour sa première sortie.

Je lui montre la laisse qu'il observe avec curiosité avant de s'en détourner. J'arrive néanmoins à l'attacher, et je tourne en rond avec lui dans l'appartement afin de l'habituer à cet objet avec lequel il devra désormais composer.

Dans l'ascenseur, il se réfugie entre mes jambes, s'étale en long et pose sa gueule sur ses pattes, dans une attitude docile. Mais, dès lors que les portes s'ouvrent et qu'il aperçoit la lumière du jour, il bondit et fonce vers la sortie. Il s'attarde devant le gazon de l'immeuble, le renifle, dresse les oreilles à la vue d'une voiture.

La mienne est garée au bout de South Wilton Place, juste au croisement de Wilshire Boulevard qui mène au parc. Moki y a voyagé à maintes reprises depuis le jour où je suis allé le récupérer à Whittier chez son ancien propriétaire, qui m'appelle de temps en temps afin d'avoir de ses nouvelles.

Je contiens ma joie en constatant que le petit Boston terrier a reconnu mon véhicule. Toutes dents dehors, il s'attaque à l'un des pneus arrière et, dans un élan soudain, pisse dessus.

Par réflexe, je hurle : « Non ! » et lui désigne du doigt un endroit terreux de la chaussée. Il fait un bond, tourne autour d'un poteau électrique en bois et pisse de nouveau. J'attends quelques minutes, un sac plastique dans la main. Mais son attention est ailleurs et son regard braqué sur une dame âgée qui promène un labrador de l'autre côté de l'artère. Son chien avance avec mollesse, la queue baissée, épousant de près la marche de sa maîtresse.

Le labrador s'est arrêté et aboie. Moki fait de même. La dame me salue de loin, je lui réponds de la tête et m'attelle à installer Moki à l'arrière de la voiture, dans sa petite corbeille.

Aussitôt que je suis au volant, Moki gigote et veut me rejoindre. Une fois de plus je dis : « Non ! » Il se recroqueville dans la corbeille et je démarre.

Mon ami Humberto, qui fréquente ce parc le week-end, m'a révélé que plusieurs de ses compatriotes se sont enrichis ici grâce à la falsification des pièces d'identité, notamment les permis de conduire et les cartes de résident. Même s'il est aujourd'hui classé au nombre des monuments historiques de la ville, MacArthur Park a du mal à se départir de sa mauvaise réputation depuis les années 1980, époque où c'était le territoire de la drogue, de la prostitution et des règlements de comptes de la pègre de Los Angeles. Une situation qui s'est aggravée dans les années 1990, où l'on y a enregistré plusieurs dizaines de meurtres.

Deux mois après mon emménagement, on a retrouvé un corps flottant sur le petit lac naturel qui borde le terrain de football et l'aire de jeu dédiée aux enfants. Une année plus tôt, une fête d'anniversaire d'une famille latino s'était soldée par un échange de tirs, et ce jour-là Humberto était sur place. Pourtant, à la fin du XIXe siècle, époque de sa construction, quand il s'appelait encore Westlake Park, cet espace entouré d'hôtels de luxe était prisé par les vacanciers et méritait son surnom de « Champs-Élysées de Los Angeles ». La vue splendide des immeubles alentour fait oublier les esprits des morts qui planent sur les environs.

Moki s'en fout, de cette histoire qui trotte dans ma tête. Il devient fou depuis que je lui ai ôté sa laisse, il gambade ici et là tandis que je cours après lui et l'appelle sans succès.

J'ai dans la poche un avocat – il adore ça et je m'en sers pour le dresser. Il vient de mordre à l'hameçon. Je l'attache de nouveau afin de mieux le contrôler. Des groupes de Latinos jouent aux cartes. Un peu plus loin, d'autres sont sur le terrain en plein match de football, plusieurs d'entre eux portant des maillots de l'équipe de basket-ball des Lakers. Une dame grille des saucisses et du maïs près du lac devant une clientèle qui fait la queue avec des enfants endimanchés comme s'ils revenaient de l'église ou d'une fête.

Je retiens Moki, très attiré par les bonnes odeurs. Je l'oriente vers le petit tunnel souterrain qui mène de l'autre côté du parc, avec ses peintures murales d'artistes de rue dont les noms rivalisent d'originalité : Geo, Exit, Trip, Hate Prime, Skill, Hector Hex Rios.

Moki hésite un moment, puis se décide enfin à la vue de l'avocat que j'agite au-dessus de lui. Il le dévore d'un coup et finit par me suivre jusqu'à la voiture. Le parc se vide peu à peu, et je tombe dans les embouteillages de ceux qui sortent des bureaux.

Le Terminator et le sans-abri

Je récupère un prospectus dans ma boîte aux lettres au moment où je m'apprête à quitter la maison pour me rendre au supermarché Whole Foods Market.

Je vois imprimée la tête du gouverneur de la Californie, Jerry Brown, dont le mandat est arrivé à terme. Il est connu pour avoir pris des mesures fermes afin de lutter contre la désertification de l'État en imposant une gestion réfléchie de l'eau. Il n'en était pas à sa première expérience à la tête de notre État, puisqu'il avait déjà occupé ce poste de 1975 à 1983 – preuve que les Californiens lui ont toujours fait confiance, comme ce fut le cas avec son père, le procureur Pat Brown, qui a régné de 1959 à 1967…

Jerry Brown prend sa retraite et se vante d'avoir signé plus de mille lois dans sa vie d'élu, dont celles concernant la criminalité, le système judiciaire et la sécurité des Californiens. Il est fier d'avoir contribué à la légalisation de la marijuana. Aujourd'hui, ici, tout le monde peut se procurer son herbe, la fumer comme il l'entend, et nul n'échappe plus aux publicités gigantesques des marques de points de vente de cannabis. La concurrence est sans merci et se livre à chaque coin de rue, avec un service de livraison à domicile, où il faut s'enregistrer au préalable, à la seule condition d'être majeur…

Le bilan de Jerry Brown me rappelle que, lors de son élection en 2011, nombre d'électeurs avaient exprimé leur soulagement après l'éviction de son prédécesseur et adversaire, le républicain Arnold Schwarzenegger. Malgré ses deux mandats, « Terminator » semblait soudain déshonorer la fibre démocrate des Californiens.

Je garde une opinion positive de Schwarzenegger, et Dieu sait que j'étais des plus sceptiques l'année de son élection en 2003. L'acteur-gouverneur a rempli sa mission avec succès. En 2009, deux ans avant la fin de son mandat, la Californie subissait une crise fiscale de grande ampleur, laquelle poussa notre Terminator à proposer des mesures drastiques, dont une réduction de plus de 150 millions de dollars des dépenses de la fonction publique.

L'université de Californie, Los Angeles, institution financée par l'État, était concernée. Pour nous faire avaler la pilule, on nous signifia que la Californie ferait faillite si ces mesures n'étaient pas appliquées de toute urgence. N'ayant pas reçu l'aide escomptée de l'État fédéral, le gouverneur lui-même avait donné l'exemple en diminuant sensiblement ses dépenses. Il nous suggéra une baisse de nos salaires de 1 %, avec la promesse que l'État rétablirait les choses l'année suivante par une augmentation de 2 %. Entre collègues, nous étions partagés. Certains reprochaient au gouverneur sa mauvaise gestion, nous incitant à la méfiance avec Schwarzenegger et ses promesses qui ne seraient pas tenues à l'évidence, d'autres essayaient de convaincre les premiers que cette crise ne frappait pas que la Californie et qu'un effort de chacun permettrait d'y remédier.

Jusqu'en 2010, nous avons contribué à éradiquer cette crise et à éviter la banqueroute de notre État. À la fin de cette période drastique, le gouverneur a augmenté nos salaires…

En réalité, les opposants à la politique du Terminator lui reprochaient sans relâche son appartenance au parti républicain, comme une trahison de l'âme californienne. C'était cependant oublier que ce poste de gouverneur avait été occupé plus souvent par des républicains que par des démocrates. Le plus connu de ces républicains était également un acteur, Ronald Reagan. Le premier gouverneur californien, le démocrate Peter Hardeman Burnett, fut élu en 1849, et, certes, quatre autres démocrates lui succédèrent. Mais, si on fait les comptes aujourd'hui, on dénombre dix-sept gouverneurs démocrates contre vingt républicains.

En revanche, lorsqu'il s'agit de choisir le président de la République, la Californie penche toujours pour le parti démocrate. Certains candidats républicains renoncent même à s'aventurer ici lors de leur campagne, estimant que les résultats sont pliés d'avance.

Les Californiens plaisantaient souvent pendant le mandat d'Arnold Schwarzenegger à propos de son couple. Son épouse d'alors, Maria Shriver, nièce du démocrate John F. Kennedy, avait soutenu la candidature de Barack Obama à la tête du pays tandis que son époux déployait ses efforts pour le parti républicain.

En sortant de notre immeuble, je jette le prospectus dans une poubelle. En face de moi, de l'autre côté de la rue, il y a un homme assis par terre, pieds nus, une cigarette vissée entre les lèvres. C'est un des sans-abri du quartier, je le croise parfois à l'entrée de la station essence de Humberto.

Il est en train de lire le même prospectus que celui que je parcourais à l'instant…

Une invitée venue de France

Rokhaya Diallo est de passage à Los Angeles. La cinéaste, écrivaine et militante fait une série de conférences dans des universités d'Amérique du Nord. Je lui ai fixé un rendez-vous chez moi, d'où nous partirons pour déjeuner dans le quartier, au Grain Cafe où j'ai mes habitudes, sur West Pico Boulevard…

À midi pile, Rokhaya descend d'un Uber, arborant un léger blouson en pagne multicolore. Probablement l'œuvre d'un styliste africain, me dis-je. Si je me fie à ce que je vois sur les réseaux sociaux, ces derniers temps tout le monde est styliste africain à Paris. Certains, endimanchés « à l'africaine », semblent promouvoir un exotisme qui nous catapulte dans un temps révolu. Et ça ne manque pas de m'agacer. Mais cet accoutrement est parfait sur Rokhaya. Et je vois à sa gestuelle qu'il lui permet de clamer son « africanité ».

Dans l'ascenseur, je la félicite pour sa ponctualité. Elle en rit :

« Normal, j'ai trop faim. »

Depuis le seuil de mon appartement, elle traverse le salon d'un pas décidé jusqu'aux fenêtres et à la lumière aveuglante du jour qui prélude à une forte chaleur.

Elle dépasse l'espace dédié à Moki qui la regarde avec de gros yeux apeurés et elle va faire un tour sur mon petit balcon, où elle considère longuement l'image de Cassius Clay, sans broncher. Puis elle montre du doigt mes plantes :

« C'est vraiment une atmosphère du continent que tu veux recréer, quoi !... »

Je lui fais faire le tour de mon nouvel appartement. D'abord le *den* qui me sert de salle de lecture, avec sur un des murs un immense portrait de Toussaint Louverture. J'ai acheté cette œuvre dans l'atelier du peintre haïtien Duval-Carrié à Miami, il y a maintenant plus de douze ans. C'est un tableau qui m'apaise, j'ai le sentiment d'être protégé par un des acteurs de la Révolution haïtienne. En effet, Toussaint Louverture, général d'armée et figure politique de la colonie française de Saint-Domingue (indépendante en 1804 sous le nom d'Haïti), était un descendant d'esclaves et, après son affranchissement, il devint le symbole de l'émancipation des Noirs d'Haïti. Ce qui suffisait pour être vu d'un mauvais œil par le Premier consul, Bonaparte, qui dépêcha dans l'île l'armée du général Leclerc pour la fameuse « expédition de Saint-Domingue », de 1801 à 1803. Toussaint Louverture fut capturé, rapatrié en France où il mourut en 1803 dans la solitude des geôles du fort de Joux, dans le Doubs. Il n'aura pas l'occasion d'assister à la proclamation de l'indépendance de son île, qui surviendra une année plus tard sous la direction de son ancien lieutenant, Jean-Jacques Dessalines.

Rokhaya scrute l'œuvre attentivement et baisse la tête avant de me suivre dans la pièce suivante, comme si elle saluait au passage la grandeur du héros de la première République noire. Il est vrai que ce *den* a des allures de sanctuaire, et la pose sérieuse de Louverture, en tenue de général, incite quiconque au recueillement.

Pendant que l'eau du thé chauffe dans la cuisine, nous montons à l'étage pour parvenir à la chambre des invités. Rokhaya y découvre un des premiers tableaux de Gotène, un des artistes les plus réputés du Congo-Brazzaville et dont l'influence surréaliste saute aux yeux. Cette œuvre, réalisée en 1964, m'a été offerte par Madame Ginette, la patronne de mon défunt père à l'hôtel Victory Palace à Pointe-Noire. Cette Française, aujourd'hui quasi centenaire, avait été touchée par mes romans autobiographiques, *Demain j'aurai vingt ans* et *Lumières de Pointe-Noire*, dans lesquels je brosse son portrait et rends hommage à son hôtel, qui aura permis à ma famille de survivre des années 1970 jusqu'à la fin des années 1990. Adolescent, j'y travaillais également pendant les vacances d'été, et j'avoue qu'il n'était pas évident de côtoyer son propre père dans ces conditions. Il avait l'œil sur tout et n'hésitait pas à me réprimander lorsque je n'avais pas bien nettoyé une chambre.

À mes invités, je dis que ce tableau de Gotène est le bien le plus précieux de mon appartement et que si le feu commençait à embraser l'immeuble, c'est cette œuvre que je sauverais en premier, même au péril de ma vie.

J'ai installé un bureau dans cette chambre d'invités, mais je n'y ai jamais écrit, préférant le balcon où j'ai le loisir de me détacher un moment de mon texte pour observer les écureuils ou épier les ouvriers qui travaillent sur les toits des immeubles alentour.

Dans ma propre chambre, Rokhaya s'arrête devant la toile de Tom German, acquise dans un dépôt-vente lors d'un voyage à Chicago. J'avais demandé au propriétaire de la boutique qui était ce Tom German. Il n'en avait aucune idée ; le tableau, pensait-il, était l'œuvre d'un des étudiants de la prestigieuse école de l'Art Institute de Chicago.

En tout cas, et Rokhaya le voit au premier coup d'œil, le tableau a des couleurs du sud de la France, avec des bâtisses anciennes et une artère qui serpente avant de disparaître à l'horizon, dans unc confusion de rouge, orange et jaune d'or.

Entre la chambre des invités et la mienne, une large commode occupe le couloir. Je l'ai choisie parce que, en entrant dans la boutique de meubles CB2 sur Sunset Boulevard, elle était exposée dans la vitrine avec un nom qui m'a fait sursauter : CONGO. Comment pouvais-je être indifférent à un tel appel ? Malgré ma curiosité, personne dans ce magasin n'a su m'expliquer pourquoi ce meuble portait le nom de mon pays d'origine. L'exotisme, même sans le moindre fondement, restera à jamais un des meilleurs arguments de vente…

Moki aboie.

Nous redescendons dans le salon, où j'essaie de calmer mon chien qui a dû s'imaginer que nous l'avions abandonné.

Nous devons maintenant foncer vers le Grain Cafe pour rejoindre mon ami et collègue Dominic Thomas, qui nous attend sans doute. Son sens de la ponctualité est infaillible.

Le Grain Cafe est une chaîne de restaurants qui se développe progressivement à Los Angeles. Les établissements proposent une nourriture « naturelle », « organique » et vegan, d'où son succès. Ici, tout est fait à base de tofu.

Le restaurant est situé dans un secteur populaire, entre West Pico Boulevard et Crenshaw Boulevard, avec une clientèle plutôt noire et latino. L'espace n'est pas assez grand pour la foule qui se presse dans un décor de fresques réalistes et colorées, d'origine mexicaine, tout comme le gérant.

Au Grain Cafe, le plat le plus prisé est le « veggie burger » accompagné de patates douces. La serveuse Devon, qui est devenue une amie à force de me voir plusieurs jours par semaine, donne le détail des ingrédients à Rokhaya : des haricots noirs, du riz, des oignons, des épices, du quinoa, de l'avoine ancienne, des feuilles de coriandre hachées, de la poudre de cumin et de Cayenne, du pain à hamburger, de l'avocat ou du guacamole, de la tomate, de la laitue, de la sauce piquante, des cornichons ou, si on le souhaite, du fromage (fait à base de tofu). Le goût est exquis et n'a rien à envier aux hamburgers traditionnels.

Rokhaya cède à la tentation du veggie burger, Dominic opte pour une salade.

Nous parlons de la France et des mouvements sociaux contre la réforme des retraites. Ils ont commencé au début du mois de décembre 2019, à l'initiative des syndicats de la RATP, de la SNCF, mais aussi des étudiants et des lycéens. Les chiffres des grévistes, comme à l'accoutumée, varient selon les sources. Le ministère de l'Intérieur comptabilise aux environs de huit cent mille personnes, et les organisateurs revendiquent plus d'un million et demi de grévistes.

« C'est pas une petite affaire, et je ne sais pas où nous allons, parce que plus rien ne marche », nous alerte Rokhaya.

Les échos de ces grèves sont arrivés jusqu'ici aux États-Unis, même si la couverture par certaines chaînes demeure brève, voire expéditive. Cependant, les médias les plus importants comme CNN, et dans une certaine mesure la chaîne pro-républicaine Fox News, font preuve de pédagogie avec l'Américain moyen. Les journalistes remontent jusqu'aux fameuses grèves qui ont paralysé la France en 1995 sous le régime de Chirac, lesquelles faisaient déjà dire que jamais la France n'avait connu une telle agitation depuis Mai 68.

En 1995, Alain Juppé avait dû présenter sa démission, le projet de réforme des retraites avait été abandonné…

« Emmanuel Macron savait donc à quoi il s'attaquait, dit Dominic. En France, il y a deux choses avec lesquelles on ne plaisante pas : la tour Eiffel et les retraites… »

Dominic, qui est d'origine britannique, et qui s'exprime dans un français impeccable, défend toujours la France. Lui qui travaille également comme consultant pour les affaires européennes à CNN nous cite des études qui montrent que beaucoup de Français s'imaginent à tort que les grèves sont quasi inexistantes aux États-Unis, alors même que le pays a connu une vingtaine d'arrêts de travail concertés sur la seule année 2018, selon le Bureau of Labor Statistics, mouvements qui ont entraîné la fermeture de plusieurs entreprises du secteur privé. Il ajoute qu'en 2019, quand la France voyait enfler les grèves contre la réforme des retraites, ici aux États-Unis la grève des salariés de l'industrie d'automobile General Motors rassemblait plus de cinquante mille salariés.

« Mais gardons-nous de tout enthousiasme : si le nombre de syndicats du secteur public est plus élevé aux États-Unis qu'en France (39 % contre 19 %), il est rarement en grève. L'organisme d'observation des affaires sociales, le Pew Research Center, a constaté qu'il n'y avait que onze États américains sur cinquante qui reconnaissaient au secteur public le droit de manifester… »

Rokhaya nous montre quelques images de la grève des Français sur son téléphone portable. Puis, changeant sans transition de sujet, elle évoque ses échanges très houleux sur les réseaux sociaux avec certains de ses détracteurs qui lui reprochent de mettre inlassablement la question de la « France noire » sur la table.

Au fond, Rokhaya a une profonde admiration pour la France, et cette inclination est si forte qu'elle se refuse à laisser passer la moindre attitude discriminatrice. C'est dans cet état d'esprit qu'au début des années 2000 elle a participé à la création de l'association Les Indivisibles, qui décerne les « Y a bon Awards », récompensant, avec la plus grande ironie, les personnalités publiques françaises auteures de déclarations racistes.

Depuis l'Amérique, Dominic et moi estimons qu'il y a encore du chemin à faire en France, mais que le pays est sur la voie du dialogue pour redéfinir une nouvelle photographie de sa population, diversifiée et multiculturelle.

Comparée à la lutte des Noirs américains pour être reconnus comme des citoyens à part entière, celle de la France a pris quelques longueurs d'avance. La barque française est parfois trop chargée, il ne faut pas tomber dans le travers qui consisterait à ne voir que les injustices sans prendre en compte les petits pas qui mènent vers une véritable relecture de nos rapports. Les États-Unis ne doivent pas être la référence systématique, tandis que la France ne peut se complaire dans une idéologie qui consisterait à toujours donner du temps au temps…

Devon nous apporte la carte des desserts.

Nous prenons des cafés. Et nous sommes tous trois d'accord sur un point : ils ne sont pas aussi bons qu'à Paris. Je plaisante en lançant que peu importe la couleur du chat, pourvu qu'il attrape les souris.

Tout le monde éclate de rire.

Nous nous battons pour l'addition, et c'est Dominic qui fonce vers Devon avec sa carte bancaire…

Rokhaya s’apprête à regagner son hôtel à Westwood, près de notre université. Je lui dis que les portes de mon appartement lui sont ouvertes et que la prochaine fois elle pourra se passer de l’hôtel.

« Le vieil homme de la Louisiane »

Je me réveille ce matin avec la ferme volonté de reprendre le sport.

Je n'ai pas mis les pieds dans la salle de gym depuis presque un mois, et mon coach Rebecca m'a déjà laissé plusieurs messages auxquels je n'ai pas donné suite.

J'allume mon téléphone pour lui envoyer un mot et lui signifier que nous recommencerons l'entraînement le lendemain, mais je vois défiler sur l'écran la tête d'un vieil homme de couleur. Il ressemble à mon défunt oncle Tonton René, je me dis. Il porte un béret basque et un pull-over marron. Ses grosses lunettes de vue accentuent son regard affable. Il me rappelle aussi mon grand-père Moukila, qui avait la même bonhomie.

En cliquant sur le titre de l'article, « Le vieil homme de la Louisiane », je comprends qu'il s'agit du romancier Ernest J. Gaines, victime d'un arrêt cardiaque à quatre-vingt-six ans.

En Afrique, tout au long de mes études primaires et secondaires, Gaines fut remarquable par son absence. Sans doute était-il noyé au milieu des ovations que recevaient les initiateurs de la Renaissance de Harlem, le mouvement ayant entrepris de valoriser la culture afro-américaine face au mépris de la littérature officielle américaine, blanche, désuète, et si éloignée des préoccupations de ceux qui subissaient la ségrégation raciale.

Parmi ces auteurs noirs américains de la Renaissance de Harlem que nous célébrions, William E. B. Du Bois, Richard Wright, Langston Hughes, entre autres, occupaient les places de choix, parfois même dans les anthologies de la littérature africaine – notamment l'*Anthologie négro-africaine* de l'universitaire belge Lilyan Kesteloot, et même l'*Anthologie africaine* du Français Jacques Chevrier –, ce qui était compréhensible : l'Amérique noire a largement influencé la littérature africaine, même s'il reste encore à souhaiter que les anthologies afro-américaines fassent un jour une petite place aux auteurs africains.

Gaines était le parent pauvre de ces ouvrages. Relégué sur les bords de la chaussée, il poursuivait sa route, avec la lenteur du caméléon qui prend le temps de contempler le paysage avant de se fondre dans le décor.

À vrai dire, j'avais même cru que Gaines n'était plus de ce monde. Mais voilà, il était encore avec nous quelques heures plus tôt, regardant de loin une époque qui contrastait avec celle de sa jeunesse. Celle de l'immédiat après-guerre, de la quête de liberté et de l'expression des droits civiques. Gaines avait su ce que la débrouille signifiait pour un Noir en Amérique. Il avait dû travailler comme ramasseur de pommes dès l'âge de neuf ans dans sa Louisiane natale.

Fils aîné d'une famille de douze enfants, élevé par sa tante qu'il appelait affectueusement « Aunt

Augustine », Gaines décida de rejoindre sa mère et son beau-père (mort entre-temps) ici, en Californie, où il eut l'opportunité de reprendre ses études même si le mouvement des droits civiques n'était pas encore en marche. En Californie au moins, État de l'Union où l'esclavage était interdit, il lui fut permis d'accéder à l'éducation et de fréquenter les bibliothèques. Au fil de ses lectures, le jeune homme constatait le manque vertigineux de livres écrits par des Noirs et qui relateraient leur situation inhumaine.

Inscrit à la San Francisco State University, il obtint son diplôme en littérature, entra dans l'armée et travailla dans les assurances jusqu'à la parution de ses premiers textes en 1956. Il privilégiait alors de courts récits qu'il publia dans des magazines, mais, à partir des années 1970, il sortit deux romans qui constituent sans doute ses œuvres les plus marquantes. *The Autobiography of Miss Jane Pittman* est l'un d'eux, il fut adapté plus tard au cinéma et révéla Gaines au grand public.

Dans ce roman, il relate magistralement le destin d'une femme née pendant la période de l'esclavage, témoin de l'émergence du courant des droits civiques aux États-Unis. On ne peut pas ne pas y voir la figure tutélaire de « Tante Auntie », mais les voies de la fiction sont impénétrables. L'écrivain jongle avec l'histoire et le quotidien du monde noir. Les personnages qui l'entourent constituent certes sa matière première, mais c'est la souffrance et la patience de tous les Africains-Américains qui en est le fil conducteur. Tout comme l'idée qu'il faut briser les chaînes, sensibiliser le monde entier à cette cause et ne pas se laisser berner par le discours hypocrite vantant une Nation américaine unie.

En 1978, avec *In My Father's House* (*Le Nom du fils*), Gaines se distingue en dénonçant une nouvelle forme d'esclavage : la quête effrénée de la réussite matérielle suscitée par le fameux « rêve américain » dans lequel s'embarquent aussi les Noirs américains, sans mesurer les conséquences d'un tel mirage.

Mais beaucoup entendent parler de Gaines avec *A Lesson Before Dying* (*Dites-leur que je suis un homme*), publié en 1993, sélectionné par le prix Pulitzer, adapté au cinéma, produit et diffusé par HBO six ans plus tard. Le titre anglais, que l'on peut traduire simplement par « Dernière leçon avant de mourir », résonne en moi comme un appel à une autre forme d'humanité. Il relate la vie réelle de Willie Francis, un jeune Noir de la Louisiane, deux fois condamné à mort par la chaise électrique, en 1945 et en 1947.

Certains ont cru gratifier Gaines en le définissant comme le « Faulkner noir ». Certes, c'est un moyen rapide de l'identifier tel un écrivain du sud des États-Unis, mais c'est aussi une marque de condescendance pour un écrivain qui a tracé à sa manière le visage d'un territoire bien différent.

Le lectorat noir a de plus en horreur qu'on analyse sa littérature comme un sous-ensemble de la littérature blanche, sans avoir un seul exemple d'un auteur blanc dont on jugerait qu'il a tiré son influence d'un écrivain noir. Cette tendance à toujours chercher chez un auteur africain ou africain-américain une proximité avec un auteur occidental explique la volonté de Gaines de raconter non pas la vie des Noirs, mais celle de notre humanité.

Que l'âme d'Ernest J. Gaines repose en paix…

L'intrus

Je m'approvisionne en essence dans la station de Humberto avant de prendre la route pour l'université.

Alors que je suis à la caisse, un clochard noir entre précipitamment. Humberto m'abandonne, s'avance vers l'homme pour le pousser dehors. Malgré son âge avancé – son crâne est entièrement gris, son dos courbé et ses jambes arquées –, le type résiste de façon spectaculaire, manque de renverser Humberto qui appelle un de ses collègues à la rescousse. C'est la première fois que je vois cet employé d'origine indienne, tout petit, avec de grosses lunettes de vue et une barbichette de chèvre. Les deux hommes ont du mal à se débarrasser du gêneur. Celui-ci hurle qu'il a faim, qu'il préfère qu'on le bastonne plutôt que de céder du terrain.

La bousculade est intense. Humberto et son collègue réussissent à évacuer l'intrus qui les prévient qu'il reviendra, que ça ne se passera pas comme ça. Il reste planté quelques minutes vers les pompes à essence, renverse une poubelle d'un coup de pied et pousse des jurons avant de traverser Olympic Boulevard d'un pas incertain. Le voilà maintenant debout en face de la station à attendre je ne sais quoi.

Tout laisse à croire qu'il va lancer un nouvel assaut…

Humberto est gêné vis-à-vis de moi. D'autant que je reste impassible, ne formule aucun commentaire et me contente de payer calmement. Il se croit obligé de justifier cette opération musclée, pressentant que j'ai éprouvé une humiliation puisque cet homme est noir comme moi, et que si je ne suis pas intervenu, c'est parce que Humberto est devenu comme un ami.

« Ce type est un récidiviste », se défend-il.

Je ne réponds toujours pas. Je quitte la caisse sans passer ma carte bancaire dans la machine et m'oriente vers la vitrine des sandwichs où j'en saisis deux. L'un au jambon et l'autre au thon.

Je tends, cette fois, ma carte bancaire à Humberto. Il a compris ce qui se trame dans ma tête et me met en garde :

« C'est pour lui, ces sandwichs, n'est-ce pas ? Tu ne devrais pas encourager de tels comportements, mon frère ! Et si tous les clochards de Los Angeles se mettaient à faire le même raffut dans toutes les stations, qu'est-ce qui se passerait ? »

Il sait que je ne reviendrai pas sur ma décision. Il capitule :

« Bon, ça, tu ne les payeras pas, c'est pour moi, va les lui donner de ma part… »

J'explique à Humberto que je ne lui en veux pas ; je comprends qu'il protège son commerce.

Quand je sors de la boutique, l'intrus est toujours en face, assis par terre, le dos contre un arbre. Je traverse

Olympic Boulevard et le coupe dans son soliloque en me postant devant lui.

« Tu veux quoi, *negro* ? », me défie-t-il.

Je lui tends les sandwichs. Il les considère avec dépit, puis me dit sèchement :

« Non, je n'ai plus faim... »

J'insiste. Rien à faire, il discute avec des ombres que je ne vois pas, et le dialogue, très animé, est ponctué d'éclats de rire et de jurons que la décence m'interdit de consigner ici. Ce n'est pas moi qu'il insulte, il est dans son monde, ce monde parallèle dont il doit être le personnage principal. Sait-il encore que je suis là, devant lui ?

Ne sachant que faire des deux sandwichs, je retourne dans la station pour les rendre à Humberto. J'ai déjà retraversé Olympic Boulevard lorsque j'entends l'intrus s'époumoner :

« *Negro*, la prochaine fois qu'un frère est brutalisé comme je l'ai été par le Latino et l'Indien, il faut bouger ton cul et le défendre !... »

Guerre et panneaux

À la télé, sur ABC, on discute de la guerre en Irak. Les Américains ont du mal à faire le deuil de ce conflit. À chaque campagne présidentielle, il est remis sur le tapis.

Plusieurs vétérans américains ont été invités sur le plateau. Je m'affale dans le canapé pour écouter, mais je décroche peu à peu. Je songe à l'époque où je suis arrivé aux États-Unis pour enseigner à l'université du Michigan, à Ann Arbor.

C'était au milieu du printemps 2003. Par bonheur, il ne pleuvait pas depuis une semaine, et j'avais décidé de me rendre à la fac à pied.

J'étais arrivé en plein cœur du centre-ville, au croisement de East Huron Street et de North Main Street, à quelques encablures du musée pour enfants Ann Arbor Hands-On Museum et du Café Zola, un établissement à la cuisine d'inspiration française. À l'intersection, mon regard avait croisé un étrange panneau « Stop ». Le mot « Stop » avait désormais une résonance particulière, car on avait ajouté au marqueur noir « War ».

J'ai poursuivi ma route.

La plupart des panneaux « Stop », d'East Washington Street à North University Street jusqu'à South University Avenue, avaient subi le même traitement...

J'ai gagné le Modern Languages Building (MLB) où se trouvait ma salle de cours, guidé depuis l'entrée principale de l'université par une pluie de tracts contre la guerre.

En poussant la porte de la salle, j'ai trouvé mes étudiants sagement silencieux – une trentaine d'Américains qui suivaient depuis trois mois mon « introduction à la littérature africaine d'expression française ».

Instinctivement, je me suis demandé si parmi mes étudiants il y avait quelques-uns de ces « militants » qui avaient exprimé leur opinion sur les panneaux « Stop » des environs de l'université. Mais impossible de poser une telle question dans un amphithéâtre américain sans mettre mal à l'aise mon auditoire...

Au moment où je sortais livres et notes, une étudiante d'origine mexicaine a ouvert le débat. Est-ce qu'on ne pouvait pas discuter de « cette guerre-là » avant le cours ? S'étaient-ils concertés avant mon arrivée ? En tout cas, ils tenaient tous à savoir ce que j'en pensais, un peu comme dans un village où l'on sollicite l'avis du curé.

« La guerre, ce n'est pas bon ! », a lâché l'étudiante américano-mexicaine, assise au premier rang, plus que jamais inspirée et déterminée.

« Nous avons toujours aidé la France dans ses guerres, et elle, elle nous abandonne aujourd'hui ! a ajouté sa voisine, une métisse afro-asiatique. Oui, elle nous abandonne, les Anglais au moins nous suivent ! »

On ne s'entendait déjà plus. Ils argumentaient en anglais, en français, évoquant le nombre de victimes américaines « que la presse cachait » selon eux, rappelant les différentes guerres menées « courageusement » par leur pays à travers le monde.

J'avais cru avoir affaire à un front de pacifistes, mais, au fur et à mesure de leurs spéculations, j'avais la sensation qu'ils étaient en majorité derrière le président Bush.

« Je suis républicain, cependant je n'ai pas voté Bush, j'ai voté pour le démocrate Al Gore. Mais mon pays est en guerre, je dois soutenir notre gouvernement », a osé ouvertement le seul Afro-Américain de la classe.

Et puis il y avait un autre étudiant, la vingtaine, blondinet, qui n'avait rien avancé jusqu'alors et que j'ai interrogé :

« Pourquoi vous ne vous exprimez pas comme les autres ? Dois-je comprendre que vous partagez leur avis ? »

Il a regardé à gauche, puis à droite, a observé quelques secondes de silence avant de murmurer :

« Je voudrais bien vous parler à vous seulement, monsieur, mais dans votre bureau…

— Vous pouvez bien le faire ici, cela rendrait service à tout le monde… »

Il a hésité, a regardé de nouveau à gauche et à droite :

« Non, professeur, il y a des oreilles partout, et je n'ai pas envie de dire certaines choses très graves ici… »

La classe l'a chahuté et a insisté pour l'entendre. Quelqu'un lui a signifié qu'il était sûrement l'une des « oreilles » en question puisqu'il était d'ordinaire peu loquace et s'installait toujours au fond de la salle.

Accablé, il a élevé la voix :

« Écoutez, ce sont des Américains qu'on tue là-bas nuit et jour, bon Dieu ! Vous êtes au courant de quoi, vous ? De ce que racontent ces gens de la chaîne républicaine Fox News, hein ? Est-ce que vous lisez au moins *Le Monde* et *Libération* ? Vous savez ce que les Français disent de nous ? Avez-vous vu la tête de certains prisonniers américains ? Vous a-t-on montré leurs photos ? Avez-vous ressenti la détresse de nos compatriotes, hein ? Vous êtes tranquilles ici à discutailler, à raconter n'importe quoi, est-ce que vous savez réellement ce qui se passe là-bas, dans le désert irakien, hein ? »

La salle s'est assombrie d'un coup.

Les regards se sont tournés vers moi. Le curé devait coûte que coûte trancher. Était-ce écrit dans la Bible ? Il fallait pourtant que je dise quelque chose. Les étudiants attendent habituellement que le professeur conclue. De préférence avec de grandes envolées. Celles qui resteront dans leurs esprits et qu'ils commenteront en faisant la queue devant les machines à laver du North Campus ou devant les caisses des supermarchés Kroger ou Target.

Finalement, j'ai marmonné, sans conviction :

« J'essaie de comprendre, moi aussi… J'essaie de vous comprendre, vous savez, ce n'est pas si simple… »

Le blondinet a fondu en larmes. De vrais sanglots.

« J'en ai assez ! »

Il s'est levé, a rangé ses affaires et a quitté la salle.

Il ne m'avait pas écouté lorsque, rappelant les tenants et les aboutissants de ce conflit, j'avais glissé subrepticement mon désaccord quant aux mobiles et à la justification de cette guerre. Pas plus qu'il ne m'avait écouté lorsque j'avais retracé les raisons politiques qui animaient le clan des conservateurs en faveur de la guerre, les mobiles militaires et économiques de ces attaques qu'on avait vendues au monde entier avec l'étiquette de la lutte contre le terrorisme. Dans les faits, l'Irak était surtout coupable aux yeux de la Maison Blanche de s'être tourné vers l'euro et non vers le dollar pour faire valoir son pétrole. Enfin, il ne m'avait pas écouté lorsque j'avais dit que l'Amérique discutait déjà de l'après-Saddam Hussein alors que Bush venait à peine d'arriver au pouvoir en 2001, avant que le monde entier assiste à l'attaque des tours jumelles du World Trade Center à New York.

Après la sortie de l'étudiant ulcéré, la transition avec le cours du jour est plutôt laborieuse. Je me rassure toutefois grâce au sentiment que ma petite opération de prestidigitation a au moins convaincu une partie de la classe, quand bien même elle a laissé l'autre perplexe et dubitative. Critiquer George W. Bush, critiquer un président américain en guerre lorsque vous n'êtes pas vous-même un Américain, c'est irrémédiablement être du côté des Irakiens, donc contre les États-Unis…

Il était onze heures. Le cours se terminait, et on n'avait pas eu le temps de parler de long en large de *La Grève des bàttu*, le livre de la romancière sénégalaise Aminata Sow Fall, qu'on étudiait depuis une semaine. J'avais expliqué que le *bàttu* était l'un de ces petits récipients que tendent les mendiants pour recueillir quelques pièces. Il n'y avait plus de *bàttu* à Dakar puisque les mendiants, piliers de la société ouest-africaine, étaient désormais en grève. Le conflit entre la modernité et la tradition était bien campé, et mes étudiants appréciaient cette œuvre aussi bien par la qualité de son écriture que par la richesse de ses référents culturels.

Au moment où je quittais la salle, l'étudiante mexico-américaine fit un lapsus révélateur :

« Et la semaine prochaine, monsieur, pourrai-je faire un exposé sur la *Guerre des bàttu* ?… »

En début d'après-midi, le blondinet a fait irruption dans mon bureau.

Il semblait plus calme, mais ne s'était pas départi de son air grave. Il s'est assis en face de moi, a posé ses bras sur la petite table ovale qui me servait de bureau et s'est excusé longuement avant de passer aux aveux :

« Professeur, mon grand frère est actuellement sur le front… »

J'ai bondi de ma chaise, manquant de tomber à côté :

« Quoi ???

— Oui, professeur… Je ne l'ai pas vu depuis longtemps, nous n'avons plus de ses nouvelles. Nous ne regardons plus la télé parce qu'on ne parle que de cette guerre et des morts. Ma mère pleure sans discontinuer. Mon père essaie de la consoler comme il peut, mais c'est difficile, monsieur. C'est très difficile. Au milieu de la nuit, elle se réveille en hurlant son nom et celui de Ben Laden ! En plus, nous ne sommes que deux enfants dans notre famille. Chaque jour, nous nous attendons à voir deux ou trois militaires en tenue venir frapper à la porte pour nous annoncer que mon frère a été tué par les Irakiens ou qu'il a marché sur une mine. Monsieur, si vous étiez à ma place, comment réagiriez-vous, hein ?... »

La discussion sur ABC a pris fin, le journaliste remercie les vétérans d'être venus, certains de très loin, de New York.

Le match de basket qui oppose l'équipe des Mavericks de Dallas aux Celtics de Boston va commencer après une page de publicité. En attendant, j'ajoute deux choses dans la liste de courses que je ferai au Whole Foods Market...

Un Sapeur en Amérique

Dans les universités américaines, les professeurs sont évalués anonymement par leurs étudiants grâce à un questionnaire de plus de trois pages, avec un espace vierge dédié aux commentaires. Chaque année, j'épluche avec attention les remarques de mes étudiants sur mes enseignements, et je tombe de temps à autre sur des observations au sujet de mes chemises aux couleurs « éclatantes » et mes costumes de « Sapeur » – fabriqués chez mon styliste congolais Jocelyn Le Bachelor, dans la boutique Connivences, sise rue du Panama dans le XVIIIe arrondissement.

Il est vrai que mon allure est fort éloignée de celle des Afro-Américains du show-biz, du sport et du cinéma qui s'habillent chez les stylistes les plus en vue : Rachel Johnson, Keyana Franklin, Brandon Williams, Jen Abrams, Brandon Wils. Ces couturiers ont tous contribué à faire entrer une touche afro-américaine dans l'industrie de la mode. Je n'ai jamais acheté une de leurs créations, parce que, dans un réflexe presque chauvin, je refuse de m'écarter des codes de la Société des Ambianceurs et des Personnes Élégantes, la Sape du Congo-Brazzaville.

Je suis plutôt un Sapeur « classique », avec un « goût congolais » prononcé lorsqu'il s'agit de libérer mon corps du carcan des conventions. Ma garde-robe regorge de vêtements que je rapporte de chacun de mes voyages en France, mais Jocelyn Le Bachelor veille de main de maître couturier à ce que je ne corresponde pas à l'image d'Épinal qu'on se fait d'un écrivain ou d'un professeur. C'est ainsi qu'il m'a conseillé une veste de velours bleu roi lorsque j'ai présenté ma leçon inaugurale en 2016 au Collège de France où je venais d'être nommé à la chaire de Création artistique. Tout au long de l'année que dura mon enseignement, Jocelyn a insisté pour que j'aie à chaque cours, c'est-à-dire deux fois par semaine, une nouvelle tenue, toutes plus colorées les unes que les autres. J'ai porté des costumes rouges, violets, jaune d'or, avec des rayures blanches et rouges, avec de larges carreaux bleus et blancs dans cette vénérable institution.

Jocelyn pensait ma leçon sur le plan du « style » – puisque je la lui faisais lire quelques jours avant – et il partait à la recherche du tissu en province, voire en Italie, avec aller-retour par avion dans la journée si nécessaire, afin que la tenue soit prête à l'heure de ma présentation. Depuis, dans le milieu congolais, on me qualifie de « Sapeur », et voilà que mes étudiants aussi s'y sont mis. Mais savent-ils ce qu'est vraiment la Sape ? Assurément, je me promets de leur faire un cours en la matière…

Depuis mon adolescence, j'ai la « fièvre de l'habit », comme on disait alors au Congo-Brazzaville. Comment d'ailleurs pouvait-on y échapper lorsqu'on vivait dans un quartier comme Tié-Tié, à Pointe-Noire, ou Bacongo à Brazzaville, les deux plus grandes cités du pays, qui voyaient débarquer les Sapeurs de Paris à chaque saison sèche, pendant les vacances scolaires ?

Au Congo, la Sape était relayée par les musiciens, donc par ceux-là mêmes qui ont une influence directe sur la jeunesse. Au milieu des années 1980, les Congolais de Brazzaville revendiquaient d'avoir créé la Sape et ne reconnaissaient aux Congolais de Kinshasa (les Zaïrois) que le talent de l'avoir chantée par les voix de ses stars Papa Wemba, King Kester Emeneya ou Koffi Olomidé. C'est dans leurs textes que nous repérions les noms des Sapeurs résidant en France – les « Parisiens » – ou les griffes de vêtements qu'il fallait porter coûte que coûte.

Dans « Proclamation », Papa Wemba assurait : « Moi, quand je rentrerai à Kinshasa, je m'assurerai au moins d'avoir une maison, une bagnole et un petit fonds de commerce… Je traverserai le fleuve Congo pour me rendre à Brazzaville. Je porterai un ensemble en cuir, du Cerruti, ou du Gianfranco Ferré, ou du Enrico Coveri, ou du Marithé + François Girbaud, avec une chemise Boulevard et des chaussures Weston… » « Proclamation » égrenait aussi, dans une chanson touchant les deux Congo, les noms des grands Sapeurs qui marquaient alors la Ville lumière : Moulé-Moulé, Stervos Niarcos Ngantsié, Koko Waya, Fula Mambu, L'Enfant Mystère, Guy Michaud, Petit Modero la Firenze, Sisi Selenge, Izé Izé de Paris.

Des noms que nombre de jeunes allaient s'attribuer, rêvant d'être un jour à l'image de leurs idoles, les Parisiens…

À Brazzaville, la Sape prit rapidement une dimension sociale et esthétique. Un groupe de Sapeurs fit un pied de nez historique au président de la République, Denis Sassou-Nguesso, lors d'une sélection de football. Ce jour-là, au stade de la Révolution, ce dernier assistait à un match qui opposait deux équipes du nord et du sud du pays.

Mais le vrai spectacle n'était pas sur le terrain.

Tous les regards des spectateurs étaient braqués sur un groupuscule de Sapeurs venus de Paris, tirés à quatre épingles, leur peau noire désormais blanchie à l'aide de produits à base d'hydroquinone, et les cheveux coupés très court. La foule les applaudissait à tout rompre au point qu'on aurait pu croire que des buts étaient marqués sans relâche sur la pelouse.

Cette démonstration d'élégance dans les gradins avait certes quelque chose de « théâtral » et pouvait passer pour de la fanfaronnade, mais n'était-ce pas en réalité une autre façon de dire le monde ? La jeunesse ne s'y trompa pas et se reconnut dans cet acte audacieux : les Sapeurs volaient la vedette à l'opposition qui n'osait jamais braver le président de la République.

La parade des Sapeurs est le rituel incontournable de la « descente » au pays. Rien ne doit être pris à la légère dans cette affaire. Pendant des mois, le Parisien vit avec une seule idée en tête : accumuler tenues et chaussures pour la « descente ». Personne ne connaît la date exacte de son retour. Alors les jeunes des quartiers populaires viennent l'attendre chaque jour à l'aéroport de Maya-Maya à Brazzaville dans l'espoir d'être les premiers à voir l'homme à la peau « jaune banane » et qui « sent la France »...

Savoir nouer la cravate, marcher en décomposant les mouvements du corps, gonfler, puis dégonfler les joues, le moindre geste à une signification qui échappera à l'ignorant, à celui que les Sapeurs surnomment le « taureau sans allure ». Tout est dans « l'allure », tout est dans la finesse, car un costume porté par un Sapeur prend automatiquement une « autre dimension ». Les Sapeurs le disent : donnez donc un costume Francesco Smalto ou Gianni Versace à un « taureau sans allure », le résultat sera catastrophique !

Ce n'est pas l'habit qui fait le Sapeur, c'est sa touche personnelle qui résulte d'un mélange de sens de l'observation et de cérémonial. Le Congolais n'hésite pas à parler d'une « religion », la fameuse « religion *ya kitendi* », littéralement la « religion du tissu ». En embrassant le culte de l'habit, notre Sapeur estime qu'il se distingue de la masse et en devient le leader.

Gamins, nous cultivions cette vénération du paraître, et nos héros, les Sapeurs, n'étaient pas chimériques, à l'inverse des personnages de bandes dessinées avec leurs super-pouvoirs : ils étaient là, devant nous, avec nous, nous les côtoyions, nous les servions, nous leur obéissions, nous leur devions allégeance au point de nous effacer nous-mêmes en tant qu'individus. Nous étions d'abord des *nguémbos* (admirateurs), ceux qui couraient après les Parisiens dans les bars populaires, dans les marchés ou le long des avenues de l'Indépendance et de la Révolution. Nous assiégions le domicile de ces dandys et écoutions avec déférence leurs discours sur la France, car qu'est-ce que la Sape sans le discours qui l'accompagne ?

Ce discours était légitime chez ceux de nos compatriotes qui avaient réussi le « grand voyage » vers la France, en opérant avec succès la métamorphose totale de leur corps. Ainsi, devenir un Sapeur, c'était avant tout se départir de l'accoutrement du pays, mais aussi « laver cette peau goudronnée incompatible », nous semblait-il, avec la Beauté, la vraie. Loin de revendiquer la négritude à l'instar des illustres penseurs noirs, les Léopold Sédar Senghor ou Aimé Césaire, nous rêvions de la Beauté venue d'ailleurs, de l'Occident, et de vêtements fabriqués hors du continent noir.

Il s'agissait de se comporter en homme ayant foulé le monde des Blancs, revenu au pays avec la vérité révélée et ouvrant les yeux des jeunes, leur montrant comment échapper à la condition de barbares, de primitifs, pas même fichus de nouer une cravate. Peu nous importait qu'aux États-Unis les Noirs américains aient proclamé « *Black is beautiful* ». Dans notre aliénation d'adolescents en quête de sens, nous estimions qu'être trop foncés nous empêchait d'être beaux. Une peau trop noire souillait l'habit, le plus élégant soit-il. La plupart des Parisiens ne dérogeaient pas à ce blanchiment de la peau, tandis que les Sapeurs autochtones se ruaient sur les marchés de Pointe-Noire ou de Brazzaville en quête de produits à « dénégrifier » : Ambi vert, Ambi rouge, Diprosone, Dop, Venus.

Pourtant, se blanchir la peau n'était pas une sinécure – et on employait les grands moyens, quitte à se réveiller la peau infestée de lésions. Mais ne fallait-il pas souffrir pour mériter la Beauté, pour préparer le corps à sa rencontre avec le vêtement dûment « griffé » – Giorgio Armani, Guy Laroche, Givenchy, Gucci ou Francesco Smalto ?

Le blanchiment de la peau durait entre trois semaines et un mois, sinon davantage pour les peaux les plus foncées. Le futur Sapeur entrait dans le *tchoko* : l'épreuve consistait, en pleine canicule congolaise, à se couvrir d'habits, on superposait les sous-vêtements ou *mugundo*, un pull en laine et trois ou quatre chemises, plusieurs pantalons larges. Avant, on avait pris soin de se badigeonner le corps entier de produits et on attendait qu'ils fassent effet. Il fallait avoir chaud pour blanchir. Il fallait transpirer, découvrir au jour le jour la peau qui se fissurait, suintait, puis cicatrisait pour laisser enfin apparaître cette couleur « jaune banane », qui symbolisait la mutation, l'objectif atteint.

À l'issue de ce calvaire, le Sapeur prenait enfin une longue douche, enfilait ses habits de « frimeur », et partait s'afficher dans la discothèque la plus huppée de la ville. Il n'était plus le même. Il avait tellement blanchi que ses veines étaient devenues apparentes.

Dès lors, on devenait esclave des produits. Il suffisait de ne plus les appliquer pendant une semaine pour revenir à sa couleur originelle, parfois plus sombre encore, avec des taches noirâtres sur les pommettes. Certains Sapeurs, en vieillissant, souffrent de graves anémies de la peau, quand ce n'est pas d'un cancer…

À l'adolescence, j'ai assisté au retour du « plus grand Sapeur de l'histoire », Djo Balard, à Brazzaville, dans le quartier Plateau des 15 ans. Il pouvait se vanter d'être le « roi de la Sape » et méritait largement cette réputation. On l'avait vu jouer son propre rôle dans *Black micmac*, le film de Thomas Gilou – avec dans le rôle principal Isaac de Bankolé. Le quartier du Plateau des 15 ans abritait déjà quelques Parisiens de renom : Guy Freddy, Thomas Mbongo, Amateur, Maverick... que nous fréquentions assidûment, jamais lassés d'admirer leur garde-robe.

Mais Djo Balard, lui, nous trouvait le matin agglutinés devant sa parcelle pour le contempler vêtu d'un peignoir Yves Saint Laurent. Quelques-uns de ses frères et neveux ciraient ses chaussures Weston et Church. Notre héros se rasait en public avec des gestes étudiés. Deux de ses neveux lui rappelaient l'itinéraire du jour, qui commençait par un tour à la terrasse du bar Le Relax.

« Grand frère, il faut que les gens sachent que tu es de retour de Paris ! On t'emmène au Relax ! »

En début d'après-midi, il prenait un taxi, direction le marché Total, dans le quartier Bacongo, le temple des Sapeurs locaux. Un passage obligé, s'il voulait conserver sa couronne, car les jeunes de Bacongo sont de grands « boudeurs ». La rumeur courait par ailleurs qu'un autre Parisien était de retour et « très en forme ». Djo Balard devrait arborer sa tenue la plus « méchante » s'il voulait se montrer à la hauteur de Péchaud. Péchaud, le premier à porter le kilt écossais au Congo, guettait avec impatience le moment de clouer le bec du prétendu « roi de la Sape » ; et ce devant témoins, pour la plupart des Sapeurs locaux de Bacongo, formant la fameuse « cour du roi Péchaud », tous habillés par Péchaud et portant les « derniers cris » de Paris.

Il y avait deux rois dans la même Cour. Inadmissible, lâchait le clan de Djo Balard. Ce dernier en souriait, son aura était internationale – et ses ouailles étaient en mesure d'exhiber un article paru sur lui dans *L'Événement du jeudi*, avec une photo de sa collection de chaussures Weston. L'Europe avait tranché. On savait qui était le roi. Mais la cour du roi Péchaud arguait que ce n'était pas à la France de dire qui était le roi, tout devait se décider dans ce quartier Bacongo, là où la Sape était née…

L'arrivée de Djo Balard au marché Total créa un embouteillage monstre. Les applaudissements fusaient de partout. Le roi Péchaud avait commis l'erreur de porter sa jupe écossaise. La surprise ne fut pas au rendez-vous. On avait déjà vu cette tenue. Alors que l'assistance était médusée devant la cravate très courte de Djo Balard. Son costume en gabardine (« huile pétrole », disait-on) changeait de couleur avec l'éclat du soleil, et ses Weston à triple semelle l'emportèrent.

L'esclandre n'était pas loin. La cour du roi Péchaud devint nerveuse et lâcha des insultes. Le clan de Djo Balard dut se replier et s'engouffrer dans des taxis-brousse. L'histoire retient que cette confrontation confirma le règne de Djo Balard, qui vit jusqu'à ce jour à Paris et qui conseille toujours les jeunes Sapeurs du quartier de Château Rouge…

En somme, l'art de se vêtir des Congolais pourrait se diviser en deux tendances antagoniques : les tenants de *l'authenticité* et ceux de *la Sape*.

Pour le Sapeur, l'authenticité n'a pas de valeur. La Sape nie le statut du « local », exhorte à la traversée, au voyage vers l'Europe et au retour triomphal au pays natal le corps métamorphosé. Ce retour au bercail est bien loin de la vision chantée par l'illustre poète martiniquais Aimé Césaire, dans *Cahier d'un retour au pays natal*. La Sape est l'antithèse de la beauté traditionnelle africaine drapée dans un tissu local, ou de l'élégance des ancêtres vêtus de raphia ou de pagnes. Le Sapeur, tout comme l'écrivain qui exalte les valeurs de la négritude, a la conviction de s'attaquer, lui aussi, au colon. Ce sont les Blancs qui ont cousu ces habits qu'ils ne savent pas porter, mais que le Sapeur sait mettre en valeur. De ce fait, l'élégance est « nègre ». Et le mouvement de la Sape épouse indirectement les objectifs de la littérature africaine de l'époque coloniale, lorsque certains auteurs africains s'illustraient par leur capacité à dépasser les maîtres européens, à manier la langue française mieux que les Français eux-mêmes.

Certains observateurs diront de la Sape qu'elle est une des conséquences de la colonisation – et beaucoup de Sapeurs, anticipant cette analyse, estiment que la Sape aurait plutôt des origines précoloniales et remonterait à l'époque lointaine où les ancêtres du royaume Kongo arboraient leurs tenues en raphia. Certes, mais pourquoi alors ne pas célébrer l'élégance traditionnelle ? Mystère.

La seconde tendance de cet art du vêtement pourrait être désignée comme la « politique de recours à l'authenticité », pour reprendre les termes du dictateur zaïrois Mobutu Sese Seko dans un discours resté mémorable. Le Président définit le retour aux sources dans des termes dignes d'un roman de Sony Labou Tansi : « La politique de recours à l'authenticité, de quoi s'agit-il ? Tout simplement de ceci : refuser désormais d'une manière catégorique d'être des copies certifiées conformes ! C'est-à-dire, au nom de la révolution, nous ne pouvons plus accepter d'être dans ce continent des Français d'Afrique, des Belges d'Afrique, des Américains d'Afrique, des Italiens d'Afrique, mais des Africains authentiques ! »

Lorsque certains Sapeurs soutiennent que la Sape serait un héritage de l'accoutrement du colon – supposé toujours tiré à quatre épingles avec son casque emblématique –, ils corroborent l'idée d'une aliénation culturelle, d'un effacement de l'être africain devenu la marionnette de l'ancien colonisateur. Un Noir qui porte un masque blanc. Mais la Sape est là, elle a évolué depuis les années 1980, et elle mène tout droit au monde de la mode, désormais, notamment avec des expositions comme celle organisée en 2015 à Paris par la Fondation Cartier pour l'art contemporain et intitulée *Congo Kitoko*, « Beauté Congo ». On y découvre comment la peinture, la musique, la sculpture, la bande dessinée congolaises ont pris en compte le mouvement de la Sape dans leur inspiration.

Avec mon styliste, Jocelyn Le Bachelor, nous avons tendance à penser que si d'aucuns perçoivent jusqu'à présent la Sape comme un simple mouvement de jeunes Congolais qui s'habillent de manière ostentatoire, ils comprendront bientôt qu'elle dépasse le cadre d'une extravagance gratuite pour s'affirmer comme une esthétique corporelle, une vision du monde et la revendication sociale d'une jeunesse africaine en quête de repères.

Le colis

La compagnie UPS a déposé devant ma porte un colis que je trouve en revenant de l'université. Je n'attendais rien, et je n'ai rien commandé ces jours-ci. Une erreur de la part du livreur ? Non, je lis mon nom dessus, écrit en lettres capitales.

Je retourne le paquet afin de trouver le nom de l'expéditeur.

Rien n'est indiqué.

En enlevant l'emballage, je découvre un large caisson en bois et, dedans, un magnum de château-pape-clément 2010, grand cru classé.

Je déplie l'enveloppe glissée à l'intérieur. Elle est signée par Patrick Hourquebie, qui tient la librairie Alice au Cap-Ferret.

Je suis un habitué du salon qu'il organise à chaque rentrée littéraire. Dans sa missive, il me précise que c'est ma récompense en tant que « lauréat du prix de la fidélité ». Il me demande de ne pas « gaspiller » ce vin, car, pour mettre la main dessus, il a dû batailler avec le Bordelais Bernard Magrez, propriétaire de grands vignobles et créateur du groupe qui porte son nom. Il va jusqu'à me rappeler que le raisin qui a servi pour ce château-pape-clément 2010 a été égrappé à la main !

Je souris. Patrick ne perdra jamais cette exubérance qui fait la joie des lecteurs qui se pressent dans son salon.

De toute façon, je serais bien incapable de boire tout seul ce litre et demi de vin. Je le garderai le temps qu'il faudra dans son caisson d'origine, une véritable œuvre d'art, en attendant une occasion exceptionnelle où je pourrai l'ouvrir, jouer le connaisseur en grands vins français auprès de mes invités américains en répétant mot à mot les détails fournis par Patrick…

Vendredi fou

Je viens de recevoir un étrange courrier électronique collectif en provenance des « défenseurs de la langue française » qui exhortent la terre entière à faire barrage à l'expression américaine « Black Friday » :

Défenseurs de la langue française, le 29 novembre aura lieu, partout dans le monde, l'opération commerciale « Black Friday », grande braderie américaine des cultures, notamment francophones. Notre collectif LANGUE FRANÇAISE (Belgique, Canada, France, Suisse) lance un appel au rejet de cette dénomination, et plus généralement au refus d'acheter aux entreprises collaboratrices. Vous pouvez le faire en partageant et relayant ce message via *réseaux sociaux et contacts :*
« Le 29 novembre 2019, opération commerciale états-unienne dénommée Black Friday, je refuse de voir brader ma langue française et ses valeurs à l'empire anglo-américain. Je soutiens le conseil donné par le collectif LANGUE FRANÇAISE à toutes les entreprises de la francophonie d'utiliser l'expression "Vendredi fou" plutôt que l'expression anglo-américaine "Black Friday" comme le recommande le Grand Dictionnaire terminologique (GDT) qui définit ainsi cette journée : "Journée du vendredi qui suit le quatrième jeudi de novembre,

date de l'Action de grâce aux États-Unis, au cours de laquelle les commerçants offrent des rabais importants pour marquer le coup d'envoi des achats de Noël." »

J'ai peine à comprendre cette nervosité. Visiblement, l'anglicisme « Black Friday » n'est pas seul en cause, comme on voudrait le faire croire. L'épineuse question du mot « Black » associé à « Friday » aurait déjà rassemblé quelques mauvais coucheurs. Mais si je suis les conseils de nos défenseurs de la langue de Vaugelas, au lieu de « Black Friday », il nous faudrait dire « Vendredi fou » ? Pourquoi pas « Vendredi noir », alors ? Par crainte d'ouvrir la boîte de Pandore ? En effet, sur cette lancée, un arsenal d'expressions se verra engagée sur la voie de la rénovation : le « travail au noir » deviendra le « travail au fou », le « marché noir » le « marché fou », la « nuit noire », « la nuit folle » ; « marée noire », « marée folle » ! Et aux éditions Gallimard, la prestigieuse « Série noire » deviendra la « Série folle », tandis que la collection africaine « Continents noirs » sera rebaptisée « Continents fous » ?...

Rassurons-nous, la langue française est incessible, elle se passe de ces querelles nourries par la haine de l'Amérique et ce qu'elle véhiculerait comme culture hégémonique.

La langue française ne sera jamais bradée pendant un Black Friday, pardon, pendant un Vendredi fou !...

Kodak Black

À l'autre bout du fil, mon fils Boris parle d'une voix enrouée. Il doit être une heure du matin à Paris.

« Tu es au courant, papa ? »

Je crains ce qu'il va m'annoncer et je cherche à gagner du temps :

« Au courant de quoi ?

— De ce qui vient de se passer en Floride... »

Pourquoi n'y ai-je pas immédiatement songé ?

Oui, je sais ce qui est arrivé au rappeur Kodak Black, et pour signifier à Boris que je viens de le battre dans la concurrence effrénée que nous nous livrons, j'ajoute :

« Je le sais depuis une heure...

— Ah bon ?

— Oui, je pensais que tu dormais déjà... CNN en a longuement parlé. »

Il a flairé le mensonge :

« CNN parle des rappeurs, maintenant ?

— Ben, disons, pas pour annoncer la sortie de leurs albums, mais quand ça va mal pour eux... »

Kodak Black, vingt-deux ans, rappeur originaire de la Floride du Sud, connu notamment pour ses tubes

« Zeze », « No Flockin' » ou « Roll In Peace », vient d'être condamné à trois ans et dix mois de prison pour avoir sciemment fourni de fausses informations dans le but d'obtenir un permis d'arme à feu. C'est une lourde sanction. Mais elle tient sans doute compte du passé de l'artiste.

Dans le quotidien *The South Florida Sun-Sentinel*, on rapporte les propos moralisateurs du juge fédéral : « Les jeunes font tous des choses stupides. Le problème avec vous, c'est que vous ne cessez de les accumuler depuis l'âge de quinze ans… »

Le Gabonais et la New-Yorkaise

Je suis au comptoir du bar Zanzibar, au croisement de la 5th Street et d'Arizona Street à Santa Monica. Plongé dans mon verre de whisky Coca, je sens une main qui me tapote l'épaule.

Je me retourne pour découvrir Gérard, avec, quelques pas derrière lui, une splendide métisse afro-asiatique.

Voyant que je scrute la fille de la tête aux pieds, il a l'air réjoui :

« Oh, c'est Haiqi, elle est en visite à Los Angeles ce week-end. »

Haiqi me salue avec un accent très new-yorkais, puis s'excuse pour filer en direction des toilettes.

Gérard fait signe à la serveuse de me préparer un deuxième whisky Coca. J'ai beau dire non, il insiste :

« Grand frère, c'est toujours un honneur pour moi, tu nous rends fiers, nous autres les Africains ! J'étais content de t'entendre la semaine dernière critiquer à la télé mon président du Gabon ! C'est la même famille qui nous dirige depuis les indépendances. C'est pas normal. »

Il jette un coup d'œil en direction des toilettes, puis baisse sensiblement la voix :

« Cette nana, je veux dire la Noire asiatique, je l'ai connue la semaine dernière sur Tinder. On n'a encore rien fait, je crois qu'elle est trop intello pour moi, je préfère te la laisser, tu peux attaquer dès qu'elle reviendra ! »

Je le remercie, mais ça ne se passe pas comme ça.

Gérard est d'origine gabonaise. Il fait de « longues études » par correspondance, comme il le dit lui-même, juste pour préserver son titre de séjour. Tous les soirs, il devient chauffeur Uber – c'est d'ailleurs dans son véhicule que je l'ai connu, alors que je revenais d'un voyage à Paris. Dès que je m'étais installé dans sa voiture, il m'avait lancé :

« Votre tête me dit quelque chose... »

Et je lui avais répondu :

« La vôtre aussi. »

On avait rigolé. La mémoire lui était soudain revenue. Il avait suivi une émission où je parlais d'un livre, mais il en avait oublié le titre. Nous avions échangé nos coordonnées et étions devenus de grands amis.

Gérard doit pourvoir aux besoins de ses mômes – il est le père de triplés âgés de cinq ans que je n'arrive toujours pas à distinguer, alors que je les ai vus pour la première fois à leur naissance à l'Hôpital Ronald-Reagan.

Quand il n'a pas la garde de ses enfants, Gérard passe chez moi, pour un dîner au BCD Tofu House sur Wilshire Boulevard, à Koreatown. Il adore la cuisine coréenne. Je dirais même que, dans l'ensemble, il aime tout ce qui est asiatique.

Convaincu que je suis trop seul dans la vie – parce qu'il ne m'a jamais vu vivre sous le même toit qu'une femme –, Gérard essaye de me « caser » auprès de ses copines. Il force un peu les choses, comme à ma crémaillère, où il a débarqué très tard avec deux Thaïlandaises.

Mes amis et collègues de l'université étaient tous déjà repartis lorsque j'ai dû ouvrir à Gérard et à ses invitées. Les deux filles étaient arrivées à Los Angeles la veille, et mon ami avait déjà fait leur rencontre sur un site dédié à ceux qui préfèrent les Asiatiques. Il avait parlé de moi à l'une d'entre elles, la quarantaine, et je la voyais qui cherchait par tous les moyens à entretenir la conversation. La communication n'était pas aisée, non seulement elle maîtrisait à peine quelques mots d'anglais, mais le peu que je comprenais signifiait clairement qu'elle cherchait un mari depuis des années pour fonder une « très grande famille ».

Fort de cette mésaventure, au moment où Haiqi est en train de nous rejoindre au bar, je lâche rapidement :

« Non, Gérard, je ne peux pas…

— Pourquoi ? Elle n'est pas belle ? Je t'assure que celle-ci ne veut pas de mariage ni d'enfants, elle aime les chiens comme toi, en plus elle est métisse et…

— Non, franchement, ça ira. »

Il me regarde avec des yeux attristés, alors que nous entendons derrière nous l'accent new-yorkais d'Haiqi :

« *How are you doing, guys ? Are you talking about me ?* »

Nous noyons le poisson en prétendant parler de la France. Elle reste dubitative.

Nous sommes restés au Zanzibar jusqu'à la fermeture, à une heure et demie du matin. Avant de partir, je vois que Gérard est embêté.

Il me prend à part :

« Grand frère, je ne peux pas l'emmener chez moi ce soir, j'ai mes enfants et leur cousin qui les garde, mon ex ne vient les récupérer que demain matin… »

Je souris.

« C'est pour ça que tu voulais à tout prix me brancher ?

— Ah, grand frère, c'est pas ça… »

Je lui dis d'aller à l'hôtel et d'avertir son cousin.

« En fait, j'ai des problèmes avec ma carte bancaire, je dois d'ailleurs passer à la banque demain et… »

Je lui glisse deux cents dollars dans la main au moment où Haiqi s'est un peu éloignée pour fumer…

Le marine congolais

Comme la plupart des habitants du comté de Los Angeles, je reçois ce matin un texto me priant d'éviter les parages de la ville de Santa Clarita, à une heure au nord de Los Angeles, où un élève a ouvert le feu dans la Saugus High School juste avant les cours. Le bilan provisoire : deux lycéens tués et trois autres transportés à l'hôpital dans un état critique.

Il m'arrive d'aller à Santa Clarita pour rendre visite à un compatriote congolais, Tchicaya Missamou. Il a géré longtemps le Warrior Fitness, une salle de gym.

Tchicaya est, à ma connaissance, le seul Congolais qui a fait partie des marines. Il rappelle à qui veut l'entendre que c'est l'un des rares corps de l'armée américaine protégés par la loi. À ce titre, il ne peut être dissous ou réduit par aucun président ou ministre de la Défense.

De même, Tchicaya vous récitera les différentes batailles de ce corps militaire : la guerre d'indépendance des États-Unis au XVIIIe siècle, les deux Guerres mondiales, la guerre du Vietnam, celles du Kosovo, surtout la guerre en Irak entre 2003 et 2010, à laquelle il a participé et qui lui vaut aujourd'hui le statut de vétéran.

Il vit à Santa Clarita entouré d'autres familles de vétérans américains.

Je viens de l'avoir au téléphone, il est encore sous le choc des événements qui ont secoué sa ville :

« Mon frère, nous vivons dans un pays en guerre ! Une guerre qui ne dit pas son nom ! Je ne te mens pas, tu me connais, je pèse et soupèse mes mots. Quand j'ai entendu des coups de feu, ça m'a rappelé le front, en Irak, où la vie humaine n'était que du sable qu'on foulait aux pieds… »

Il prend une grande inspiration.

« Mes enfants et ma femme sont choqués… Cette attaque s'est déroulée sous nos yeux ! Les vidéos qui circulent sur Internet traumatisent mes petits. Et dire qu'on est classés dans les dix villes les plus sûres de Californie ! Eh bien, on n'est plus sûrs de rien, avec ces classements bidon ! »

Il fait référence à un classement récent selon lequel Yorba Linda, Aliso Viejo, Laguna Niguel, Mission Viejo et Lake Forest sont les villes les plus tranquilles de Californie. Santa Clarita est placée neuvième, derrière San Clemente, Poway et Diamond Bar. Safehome.org, l'organisation qui a établi cette classification, s'est fondée sur les crimes et délits répertoriés par le FBI.

Pour le calmer, je questionne mon ami sur son dernier voyage au Congo. J'ai appuyé sur le bon bouton, il démarre au quart de tour. Il a rencontré des gens formidables au pays, il faudrait s'impliquer sur le terrain, apporter tout ce que nous avons ici, en Amérique, au Congo. Il rêve d'aller y construire des salles de musculation. Et si l'armée congolaise voulait bien de son aide, il serait prêt à la leur apporter sans exiger de rétribution en contrepartie.

Il a parlé de moi avec un ministre congolais. Il connaît pourtant ma position quant à la politique congolaise, que je houspille depuis longtemps. Là où Tchicaya dit que tout va bien, je vois une dictature depuis presque quarante ans, maintenue grâce aux bidouillages des Constitutions. Tchicaya ne fait pas de la politique, c'est du moins ce qu'il affirme. Lui, ce qu'il veut, c'est porter secours aux Congolais. Ce n'est pas en restant hors du pays qu'on aidera les nôtres.

Je regrette déjà de l'avoir détourné de l'attaque au lycée, il me prend à mon propre jeu :

« Pourquoi toi tu ne te présenterais pas à l'élection présidentielle du Congo ? Tu sais que tu battrais haut la main Sassou-Nguesso ? »

Et là, il éclate de rire :

« Ah, ah, ah ! Je plaisantais ! Grand frère, reste comme tu es, ne rentre pas dans leur politique et n'écoute pas tous ces moustiques qui viennent te chanter aux oreilles que le peuple te veut… Nous te voulons comme tu es, parce que c'est aussi le Congo que tu as amené d'abord en France, puis maintenant en Amérique. Moi, j'ai fait de même avec l'armée américaine, il y a même des militaires à qui j'ai appris notre langue lingala ! En tout cas, merci d'avoir pris de nos nouvelles, la police a maintenant quadrillé la ville, tout est sous son contrôle, mais c'était une attaque sauvage… Passe à la maison quand tu peux, n'aie pas peur et n'oublie pas que je suis militaire, un vrai marine ! »

Je lui souhaite du courage, j'adresse mes salutations à toute sa famille.

Je raccroche. Ma télé est branchée sur CNN. La sénatrice démocrate Kamala Harris est effondrée. On ne peut plus accepter qu'en Amérique « nos enfants et nos communautés soient terrorisés », dit-elle. Elle est candidate à l'élection présidentielle. La campagne bat son plein, et on ne rate pas une tragédie qui permet de se faire remarquer.

Une réception « piquante »

Ils sont trente dans la classe à étudier la littérature africaine. Les filles sont majoritaires, et de temps à autre je charrie les trois garçons, deux Américains et un Philippin, intimidés par cet entourage.

Deux de mes étudiants ont voyagé au Sénégal et au Burkina Faso. Beaucoup ont résidé à Aix-en-Provence et à Grenoble dans le cadre des échanges entre l'UCLA et les universités françaises. D'autres ont peaufiné leur pratique de la langue en prenant des cours de français pendant deux ou trois ans, mais aussi en participant aux activités du Cercle Francophone que dirige ma collègue Laurence Denié-Higney et qui connaît un véritable succès.

J'accepte également dans mes classes les auditeurs libres, souvent des Américains ou des Européens amoureux de la culture française. Si les étudiants se bousculent au portillon, c'est parce que j'enseigne en français. Ils ont aussi la possibilité d'étudier la littérature française en anglais dans le département de littérature comparée.

L'année dernière, j'enseignais les grands courants de la littérature française du XVIe au XXe siècle. Ce semestre, j'ai voulu m'appesantir sur la littérature africaine, et j'ai inscrit au programme les œuvres du Guinéen Camara Laye, du Malien Amadou Hampâté Bâ et de l'Ivoirien Ahmadou Kourouma.

Je privilégie les exposés et les discussions. Les étudiants ont ainsi l'opportunité de consolider leurs connaissances en français tout en s'ouvrant au monde francophone, où cette langue illustre la rencontre des anciens espaces colonisés avec la France. Ils sont émerveillés par la puissance des mythes dans les contes d'Hampâté Bâ, l'extraordinaire cosmogonie africaine dans *L'Enfant noir* de Laye ou les turbulences des sociétés africaines dans *Les Soleils des indépendances* de Kourouma. Ils étudient les textes théoriques qui décortiquent les œuvres.

Nous nous rencontrons deux fois par semaine, et, s'ils le souhaitent, ils passent me voir au bureau pour discuter des points qu'ils n'ont pas saisis.

La salle de cours se trouve au premier étage, dans le fameux building Royce Hall dont la construction, en 1929, a été largement inspirée par la basilique Sant'Ambrogio de Milan, avec ses murs de briques ocre et ses tours jumelles.

C'est mon dernier cours. Mes étudiants m'ont préparé une surprise que je trouve sur ma table en entrant dans la salle : une figurine de porc-épic.

Je les interroge sur ce choix. Tout le monde rigole sans oser fournir une explication. Finalement, Angelica, une Mexicaine, prend l'initiative, m'avoue que c'est en rapport avec mon livre *Mémoires de porc-épic*. Je n'enseigne pourtant jamais mes propres romans.

Mon étonnement ne s'arrête pas là, puisque la même Angelica se propose de faire un exposé sur le livre qu'elle affirme avoir lu à la fois en français et en espagnol.

« On l'a bien traduit », ajoute-t-elle.

J'ai préparé la conclusion de mon cours sur la nouvelle génération d'écrivains africains d'expression française et je ne suis pas partant pour l'exposé.

Il y a un remue-ménage, puis des applaudissements pour m'inciter à laisser Angelica prendre ma place et nous parler de *Mémoires de porc-épic*.

« C'est notre cadeau pour vous remercier, professeur… », dit-elle.

Je vais m'asseoir au fond de la pièce pendant qu'Angelica rassemble ses notes et se lance dans l'analyse du roman. L'assistance surveille de près ma réaction. Ils ont bien ourdi leur coup, Angelica est à l'aise, cite de longs passages, mime ce qui est censé être la voix du porc-épic narrant ses relations avec l'homme dont il a été le double et qui vient de mourir.

Ses condisciples l'ovationnent. L'émotion qui me gagne est la même à chaque fin de semestre. Je les regarde individuellement et me demande quel chemin ils emprunteront. Certains de mes étudiants ont entrepris des études de droit. D'autres ont embrassé la carrière diplomatique et sont allés travailler dans les ambassades américaines des pays francophones. L'une d'entre eux, Joy, avait été embauchée à la Maison Blanche dans le cabinet du Président. Afro-américaine, spécialiste des droits civiques, elle dirigeait le journal mensuel des étudiants issus des minorités quand je l'avais rencontrée, et elle était interviewée par la presse locale lorsqu'une discrimination raciale faisait l'actualité. C'était aussi, parmi tous mes étudiants, celle qui maîtrisait le mieux la langue française, prononcée sans le moindre accent, alors qu'elle n'avait jamais résidé en France ou dans un pays francophone. Une fille brillante !

J'étais heureux que le cabinet présidentiel l'ait embauchée, et nullement étonné. Elle me dirait plus tard qu'elle était chargée de faire le point pour le chef de l'État sur la presse d'expression française. Quelques semaines avant son embauche, j'avais reçu un coup de fil du FBI qui me posa mille et une questions sur la candidate. On voulait savoir comment elle travaillait en groupe, si elle était ponctuelle en classe, si elle fumait ou consommait de l'alcool. Je savais que le FBI avait fait le tour des professeurs, des camarades et de la famille de Joy.

Je regarde une dernière fois les étudiants auxquels je viens de parler de Joy. Ils sont touchés.

Je me lève.

Dans le couloir, je sens comme des fourmis dans les yeux. Je m'efforce de penser à autre chose afin de ne pas verser de larmes…

La star hmong de Fresno

Quelques jours après la fusillade dans le lycée de Santa Clarita, une autre vient de se dérouler à trois heures de voiture de Los Angeles, dans la ville de Fresno. En ce dimanche, les membres d'une famille et leurs amis regardaient la retransmission d'un match de football américain dans l'arrière-cour de leur résidence. La fête a viré au cauchemar quand des inconnus ont fait irruption dans la demeure puis ouvert le feu sur le groupe avant de disparaître, laissant sur les lieux un bilan macabre : quatre morts et six blessés…

Tout laisse à penser qu'il s'agit d'un règlement de comptes, comme l'affirment les journalistes en s'appuyant sur des hypothèses de la police de Fresno. Les victimes sont toutes originaires d'Asie. De même que les suspects, d'après les témoins qui les ont vus prendre la fuite.

Les images qui défilent à la télé me fendent le cœur.

Surtout la photo d'un très jeune homme. J'ai d'abord pensé que c'était l'un des meurtriers, mais il s'agit d'une des victimes, un artiste musicien nommé Xy Lee. Il est, semble-t-il, une véritable star chez les Hmong, ce peuple originaire des montagnes du sud de la Chine qui a commencé sa migration vers Fresno dans les années 1970 et qui constitue aujourd'hui plus de 5 % de sa population.

Une spécialiste américaine, auteure d'une encyclopédie sur ce peuple, explique que la Californie et le Minnesota sont les deux États où l'on trouve la grande majorité de Hmong. Ils vivent dans des HLM, plus touchés que les autres groupes ethniques de la cité par le chômage, et ne survivent la plupart du temps que grâce à l'aide de l'État. La pauvreté et l'inactivité ont fait flamber le taux de criminalité dans leur communauté et conduit les Hmong à assurer leur propre sécurité. C'est ainsi que de jeunes Hmong ont créé dans les années 1980 le MOD (Menace Of Destruction), une organisation dont le but était de protéger la communauté avant de devenir un véritable gang semant la terreur et se livrant au trafic d'armes et de drogue. D'autres bandes asiatiques ont surgi depuis, leur faisant de la concurrence, créant des rivalités et, parfois, des règlements de comptes au grand jour.

La fusillade de ce dimanche fait craindre de nouveaux conflits entre les différentes factions. Beaucoup se demandent si les individus qui ont fait irruption chez Xy Lee et ses parents n'ont pas planifié leur coup pour adresser un sinistre avertissement.

Devant une foule de micros, un des responsables de la police de Fresno annonce qu'une unité de lutte contre les « gangs asiatiques » vient d'être créée. Ce qui, loin de calmer les esprits, crée une véritable psychose non seulement à Fresno, mais encore dans toute la

Vallée Centrale de Californie, connue pour sa production agricole intensive.

En somme, en s'abstenant d'établir un lien entre l'attaque de ce jour et l'implication de bandes organisées, mais en songeant soudain à se doter d'une unité spéciale, la police envoie des messages contradictoires. Aussitôt, chacun soupçonne que les gangs asiatiques sont de retour pour intensifier leurs activités criminelles.

Qui resterait calme dans ces conditions ?...

Le jeune Hmong Xy Lee habitait encore avec ses parents. Il n'avait que vingt-trois ans. Il en avait quatorze quand il avait débarqué avec sa famille en Amérique. C'est dans le confinement de sa chambre d'adolescent qu'il créait sa musique.

Sa sœur et son frère exhibent devant la caméra la guitare et le synthétiseur du disparu, les larmes aux yeux. Je ne connais pas sa musique et, sans cet événement lugubre, je n'en aurais assurément jamais entendu parler. Par curiosité, je vais sur YouTube où je constate que certains de ses titres, comme « Koj Yog Kuv Lub Neej » ou « Siab tsis kheev koj ncaim' », dépassent plusieurs millions d'écoutes. Il n'avait rien d'un petit amateur qui aurait rêvé d'être en haut de l'affiche et de remplir les salles de spectacle : il avait un vrai public, il multipliait les concerts, se produisait lors des fêtes du nouvel an que les Hmong célèbrent ici à partir du mois de décembre.

Sa disparition a incontestablement propulsé Xy Lee au rang de martyr...

Une tête de grand-père Massengo

Moki n'aboie plus la nuit. Il connaît son nom. Dès que je l'appelle, il dresse les oreilles et me dit tout grâce à ses yeux à fleur de tête.

Tandis que j'écris ces lignes, il me regarde et couine comme pour m'accompagner dans mon entreprise.

Hier, je l'ai emmené chez le vétérinaire pour son troisième vaccin. Il a hurlé, et pour la première fois j'ai vu ses larmes couler. Il a levé la patte droite, une manière de m'inciter à venir le délivrer des mains du vétérinaire.

Alors que je le rassure en français, le vétérinaire lui explique en anglais que le vaccin lui permettra de se sentir en bonne santé, que jamais dans son hôpital il ne fait du mal à ses patients.

Moki a-t-il compris ? Sans doute, car il se calme et se laisse faire avant que je ne le récupère pour rentrer à la maison où je lui préparerai un bon repas.

Il pose son regard sur moi avec insistance, et j'ai la sensation que Moki est un être humain. Je viens d'une culture où les animaux sont considérés comme nos ancêtres, revenus vers nous sous un autre aspect.

Je cherche en vain lequel de mes aïeux a pu se réincarner en Moki, et je ne vois que mon grand-père Massengo, avec sa mâchoire carrée et ses larges oreilles pointues.

Je sors Moki de son espace grillagé.

Le voilà qui file vers la porte, pensant que nous allons au MacArthur Park.

Mais, à la vue de son assiette, il change d'avis, revient vers moi très excité. Il avale à toute vitesse la pâtée que je viens de lui servir avant de se dresser devant moi comme s'il me demandait :

« C'est tout ce qu'il y a ? »

Le feu rouge

Je reçois une convocation du tribunal de police de Beverly Hills.

L'infraction date de deux mois. J'ai brûlé un feu rouge au croisement de Wilshire Boulevard et d'Olympic Boulevard alors que je me rendais à l'université. Au verso du courrier, j'essaie de décoder le langage juridique américain. J'en retiens qu'il est possible de contester l'accusation si je parviens à démontrer que la qualité des deux photos jointes ne permet pas de m'identifier clairement. Hélas, je n'ai pas cette chance : les images sont en haute définition, en couleurs, on y voit mes grosses lunettes de vue, ma casquette Stetson marron et mes bijoux en argent. Pire encore, l'expression de mon visage est celle d'un coupable : la tête en avant, les yeux écarquillés, le regard braqué sur le feu qui est orange. Sur la seconde, le feu est au rouge avant mon passage…

En Californie, comme dans beaucoup d'États, il est autorisé de brûler le feu rouge lorsqu'on tourne à droite, à condition de ne pas gêner les véhicules venant de la gauche. Cette largesse fait oublier que des caméras sont discrètement installées partout dans la ville.

Les Angelinos ont longtemps critiqué ce système de surveillance qui violait leur liberté sans être toujours fiable. Afin d'assurer une certaine neutralité, la ville a décidé de le faire gérer par des sociétés privées. Mais les conducteurs ne sont pas dupes et savent que la municipalité impose contractuellement à ces entreprises de faire du chiffre, ce qui conduit à des verbalisations infondées ou erronées, récusées après des mois et des mois de procédure.

Pendant ce temps, les assureurs, qui consultent la fameuse base des données récoltées par LexisNexis Consumer Center, augmentent le coût de l'assurance, et le Department of Motor Vehicles retire immédiatement un point de votre permis de conduire…

La dernière infraction que j'avais commise remontait à plus de quinze ans. C'était à l'époque où, vivant dans le Michigan, je me rendais à Washington pour le mariage du frère de mon ami Dodd. Plus de huit cents kilomètres et près de dix heures de route. Je roulais à tombeau ouvert sur l'autoroute I-70 W quand j'avais entendu un policier hurler dans un haut-parleur :

« *Pull over ! Pull over !* »

Faute de m'exécuter, je serais arrêté de force, menotté, et ma voiture serait expédiée tout droit à la fourrière. Garé sur la bande d'arrêt d'urgence, j'ai attendu que le policier me somme de sortir de la voiture pour éviter un malentendu. Et une éventuelle bavure. Le policier m'a paru plutôt conciliant. Était-ce parce que nous avions la même couleur de peau ? Ou parce que je ne présentais guère de danger, vêtu d'un marcel, d'un short, de baskets, et rien ne laissant penser que je cachais une arme quelque part. Il a vérifié que tous mes papiers étaient en règle et m'a laissé partir sur une simple incitation à la prudence…

Avec ce feu rouge, l'affaire semble plus épineuse. Je me souviens très bien d'avoir emprunté les voies réservées aux bus, suivant comme un mouton de Panurge les conducteurs qui s'y engageaient. Le boulevard Olympic était particulièrement embouteillé en cette matinée et, tournant à droite, j'ai oublié que Wilshire Boulevard comptait parmi les rares artères de la ville où l'on doit respecter le feu en toutes circonstances.

J'ai senti un flash derrière moi. Pour me rassurer, je me suis dit qu'il concernait un autre véhicule. Alors qu'une petite voix me soufflait que je venais d'être pris la main dans le sac…

Je relis la convocation.

On m'accorde la possibilité de payer six cents dollars si je ne souhaite pas me présenter devant le juge. Une négociation courante dans la justice américaine afin de désengorger les tribunaux. Je peux aussi ne rien débourser et suivre des cours à la California Traffic School avant d'exécuter un travail d'intérêt général consistant, pendant un mois, à faire traverser les élèves des établissements publics. Quelle que soit ma décision, cette infraction figurera dans mon « casier » de conducteur, accessible à tout assureur.

La lettre traîne sur ma table de travail.

Après moult hésitations, je prends la décision d'envoyer un chèque à l'adresse notifiée en gras…

Michigan Blues

Mon compatriote congolais Sosthène Balossa m'appelle du Michigan. Depuis que je ne vis plus dans cet État, nous étions restés sans nouvelles l'un de l'autre. Ainsi en est-il souvent en Amérique où les distances, les différences de climat et les préoccupations de chacun finissent par émousser les relations alors même que nous sommes censés être dans l'ère de la communication illimitée.

C'est fort de ce constat que je m'inquiète en général des coups de fil d'amis qui réapparaissent soudain, craignant qu'ils annoncent une hospitalisation pour une maladie au stade terminal, ou, moins grave, pour demander une faveur : l'hébergement pendant leur séjour dans ma ville.

Sosthène n'est pas du genre à étaler ses difficultés personnelles. La dignité, l'orgueil et la discrétion le caractérisent. Son parcours insolite, tout en endurance et en débrouille, plaide pour lui. Il clame souvent qu'il a réalisé non pas son « rêve américain », comme le pensent certains, mais son « rêve congolais », celui de rejoindre son grand frère Kaskito Balossa, que nous appelions « le doyen des doyens » parce qu'il résidait depuis une trentaine d'années à Ann Arbor et prenait la posture du vieux sage pour nous mettre en garde contre les erreurs inévitables des nouveaux venus aux États-Unis.

Après des études de médecine, Kaskito avait choisi de travailler dans une clinique du Michigan, épousé une Africaine-Américaine avec laquelle il avait eu trois garçons. Malgré cette réussite, il tenait par-dessus à tout à tirer son frère Sosthène de « la galère congolaise », selon ses propres mots. Il l'avait fait venir avec un visa touriste, lui promettant que les choses s'arrangeraient une fois « à l'intérieur » et qu'il était plus sage de s'occuper de chaque chose en son temps.

Au Congo, Sosthène avait créé un groupe de musique traditionnelle qui jouait dans la semaine au carrefour du Marché Total et le week-end sur l'avenue des Trois-Martyrs à Brazzaville. On pouvait aussi le voir avec ses quatre comparses devant le cinéma Vogue, où ils émerveillaient les expatriés européens par leur attirail en raphia, avec des couvre-chefs nantis de deux clochettes qui tintinnabulaient à chacun de leurs mouvements de danse. Des clochettes, ils en avaient aussi aux pieds, et c'était prodigieux de voir comment, en toute harmonie, les clochettes du couvre-chef « dialoguaient » avec celles des pieds, communiquant une vraie transe au public. Les expatriés leur donnaient quelques billets de francs CFA tandis que les compatriotes les houspillaient, arguant qu'ils faisaient honte au pays en quémandant auprès des Blancs...

Sosthène était arrivé à Ann Arbor avec, dans ses bagages, plusieurs instruments de musique de chez nous – des *sanzas*, des *ngongi*, des clochettes, des tam-tam – et des tenues en raphia.

Un mois plus tard, il avait déjà constitué un groupe de musique avec trois Noires américaines et une Blanche, toutes des amies de sa belle-sœur. Sosthène leur avait vite appris les bases de nos danses, et le groupe se produisait en plein air, sur Main Street, l'une des avenues les plus fréquentées d'Ann Arbor. Sosthène était le premier surpris de la ferveur du public américain. Il battait fort son tam-tam, les yeux fermés, le torse nu, tandis que ses danseuses s'évertuaient à reproduire les mouvements de reins imposés par cette danse. Même si l'ensemble me semblait trop « étudié » au départ, je dus avouer au fil des mois que les danseuses « habitaient » désormais le rythme congolais.

Le soir, Sosthène, qui avait maintenant trouvé son propre logement au nord de la ville, rentrait chez lui épuisé, avec des cartes de visite plein les poches, des propositions de performances dans d'autres villes de l'État comme Dearborn, Kalamazoo ou carrément à Détroit. Il trouvait encore la force de nous inviter à dîner chez lui où il préparait un délicieux poulet à la pâte d'arachide.

Un des responsables de l'université avait croisé la route de Sosthène. Il s'était mis à l'espionner et à enregistrer de courtes vidéos de son spectacle. Il signala son talent auprès du chef du département de musique de l'université. Quelques jours plus tard, Sosthène organisait une grande fête, car l'université du Michigan venait de lui proposer de donner des cours de danse traditionnelle d'Afrique centrale au département de musique où le continent noir n'était pas suffisamment représenté. Évidemment, la panique avait gagné notre compatriote, il se plaignait de n'avoir pas fait de longues études, et ne voyait pas vraiment comment faire face à ce défi. Son frère et moi tentions de le convaincre qu'il vivait son rêve américain, et c'est alors que, requinqué, il nous avait corrigés :

« Non, je ne vis pas le rêve américain, je vis le rêve congolais, et ce rêve consiste à vivre grâce à la culture de nos ancêtres, ceux-là qui me regardent depuis là-haut et qui sont maintenant fiers que je me sois trimballé avec nos traditions jusqu'en Amérique… »

Durant notre échange au téléphone, j'apprends que Sosthène a maintenant quatre enfants et qu'il a épousé une de ses danseuses américaines.

« C'était la seule Blanche de mon groupe à l'époque », précise-t-il comme s'il craignait que j'aie oublié ce détail important, alors que tout le monde avait bien compris que cette jeune femme était là pour décomplexer les autres Blanches victimes du préjugé selon lequel les Noires auraient une chute de reins plus appropriée à nos danses.

Je le félicite, demande des nouvelles de son grand frère. Il est au pays, en vacances avec sa petite famille.

« Mais je t'appelle pour autre chose… »

Je commence à m'inquiéter.

« Tu te souviens de Tayrin ?… »

Comme j'observe un moment de silence, il poursuit :

« Tayrin, ton premier amour en Amérique, ta copine afro-américaine, celle qui avait la peau très claire et qui habitait à Détroit… Elle est morte, il y a deux jours… »

Je ne l'écoute plus. J'avais raison de redouter une mauvaise nouvelle.

Très grande, les yeux marron, les cheveux coupés court, vêtue d'un pantalon et d'un haut moulants, telle était Tayrin ce soir-là au bar Half Past Three à Détroit. Je ne voyais qu'elle, peut-être parce que nous étions pratiquement de la même taille et que nous dépassions tout le monde d'une tête. Dodd, un ami, me faisait des clins d'œil de plus en plus gênants.

Dodd était arrivé bien avant moi à Détroit et, quand nos routes s'étaient croisées, il s'était proposé pour me guider dans les bars du coin, me faire découvrir les endroits les plus branchés du Michigan et m'épauler dans ma nouvelle vie. Son père, un Africain-Américain, avait participé au débarquement de Normandie. Dodd avait d'abord vécu dans l'Hexagone où il était né, avec sa mère française, avant de décider de migrer vers les États-Unis et de rejoindre ce père dont il ne savait rien. L'Américain l'avait non seulement accueilli à bras ouverts, mais encore reconnu officiellement. Nous profitions de sa grande baraque et de l'immense sous-sol qui servait d'atelier de peinture à mon ami. Dodd était l'une des rares personnes avec lesquelles j'avais noué une profonde complicité, et je ne manquais pas de l'accompagner au Half Past Three, son quartier général, où tout le monde le connaissait, où il jouait les grands séducteurs, abusant de son accent français qui faisait craquer les Américaines…

Avec la témérité qui le caractérisait, Dodd s'est approché du comptoir, juste derrière la jeune femme, pour lui souffler que je n'arrivais plus à détacher mon regard d'elle, que j'étais tétanisé à la seule idée de lui parler, bref un baratin comme il en avait le secret.

Elle s'est retournée, nos regards se sont croisés. Elle a souri et murmuré quelque chose à l'oreille de Dodd – il me dirait plus tard qu'elle lui avait demandé si j'étais muet de naissance…

Tayrin et Dodd sont venus me rejoindre, et elle m'a tendu une carte de visite, m'invitant à passer la voir dans son salon de coiffure.

Le lendemain dans l'après-midi, j'étais décidé à surmonter ma timidité, mais je ne savais que mettre, et ça m'angoissait, car j'avais noté que la jeune femme appréciait l'élégance. Elle l'avait confié à Dodd en parlant du costume Giorgio Armani et de la chemise de cérémonie que j'avais osé arborer dans un lieu où les hommes débarquaient généralement en jean et baskets.

J'hésitais entre une veste en lin Emanuel Ungaro et un costume en tergal Francesco Smalto, j'ai finalement jeté mon dévolu sur un blazer en laine vierge de Gianni Versace bien plié au fond de ma malle. J'appréciais son tissu « pur Cerutti 1884 ». J'avais aussi sorti mes chaussettes jacquard et une cravate en soie aux motifs tour Eiffel – Paris aurait toujours la cote auprès des Américaines, insistait Dodd. Inutile de les raisonner à ce sujet, de leur dire que toutes les Parisiennes ne s'habillent pas en Chanel ou Saint Laurent, ni ne s'offrent des bijoux Cartier, elles ne s'imaginent pas qu'une Parisienne porte un jean Levis, concluait Dodd…

Tayrin dirigeait l'établissement Color Hair près du casino de Détroit, et la plupart de sa clientèle était afro-américaine. Son personnel comptait cinq filles noires et une Américaine blanche dont l'accent « noir » disait tout de ses origines : elle avait grandi avec ses « sœurs » de couleur du côté de 8 Miles, la ville du rappeur Eminem.

Je fus accueilli par un silence total, le temps pour Tayrin et ses coiffeuses de me scruter des pieds à la tête. Puis suivirent des applaudissements qui eurent le don de me mettre très mal à l'aise. C'était maintenant la foire dans ce salon où tout le monde s'agitait. Une cliente me demanda mon numéro de téléphone, s'attirant un regard d'avertissement de Tayrin. Toutes les filles éclatèrent de rire avant de se déchaîner en critiques contre l'allure des Afro-Américains qui les courtisaient :

« Avec leurs jeans qui dévoilent tout le derrière ? Jamais de la vie je ne me laisserai draguer par eux ! », lâcha la plus ancienne.

L'Américaine blanche de 8 Miles s'y était mise aussi :

« Et puis, le jour où on ne fabriquera plus les baskets, beaucoup d'entre eux perdront leur raison de vivre ! »

« Quand ils portent une veste à quatre boutons, ils les ferment tous, on dirait des contrôleurs de train ! Il faut laisser le dernier bouton ouvert ! »

Peu à peu, j'appris à comprendre l'univers de Tayrin. Elle m'avait fait rencontrer ses parents, et je crois que les choses ne s'étaient pas trop mal passées, bien que le père voie d'un mauvais œil les Africains et n'ait pas caché ses sentiments. Feignant de plaisanter au moment où Tayrin me présentait, il avait dit :

« Non seulement ils nous ont vendus, mais en plus ils veulent épouser nos filles ! »

Ces mots m'avaient profondément blessé. Mais ce qui comptait, c'était ma bonne entente avec Tayrin, et je l'invitai à m'accompagner à Paris l'été suivant.

C'était la première fois qu'elle mettait les pieds hors de son pays. Ce voyage fut sans doute l'un des moments les plus marquants de notre relation et me permit de constater que Tayrin, comme beaucoup d'Américains, avait une idée préconçue de Paris, impossible à changer. Elle se plaignait qu'il n'y avait pas assez de fast-foods, que les restaurants servaient des portions congrues. Quant aux hôtels, ils étaient hors de prix pour des chambres de la taille d'un mouchoir de poche. Son plus grand choc fut cependant de noter que les Noirs de France ne se saluaient pas lorsqu'ils se croisaient, contrairement aux Noirs américains qui, par un signe complice de tête ou du regard, réaffirment ainsi leur appartenance à un peuple dont le passé incite à poursuivre la lutte contre des injustices de plus en plus subtiles.

En revanche, elle était aux anges dans les boutiques de la place de l'Opéra et du faubourg Saint-Honoré où elle achetait parfums, foulards, pull-overs Hermès, Gucci ou Versace, des marques que les rappeurs avaient largement popularisées dans la culture afro-américaine. Elle avait certes apprécié la boutique de mon styliste congolais Jocelyn Le Bachelor, mais s'était plainte qu'il n'utilise pas des tissus africains, ce qui lui semblait dommageable pour la culture et l'économie du continent noir…

Bref, ce séjour, loin d'être une réussite, avait été ponctué par des couacs qui me firent penser que notre histoire n'y survivrait pas longtemps.

Deux ans après notre rencontre, mon départ pour la Californie scellerait notre rupture, puis le temps et la distance finiraient par nous éloigner pour de bon…

La nouvelle de sa mort ravive tout ce que j'ai aimé chez Tayrin. Cette fille de Détroit appelait sa ville, capitale américaine de l'industrie automobile, « Motor City ». Détroit était une ville française, affirmait-elle pour me provoquer.

Les ombres des premiers colons erraient ici depuis le début du XVIIIe siècle, et l'arrivée de son fondateur, Antoine Laumet, aventurier atypique et grand imposteur. Antoine Laumet avait revendiqué une expérience militaire, s'était octroyé un titre de noblesse à vingt-cinq ans, se faisant appeler « Antoine de Lamothe, sieur de Cadillac », alors que ses parents étaient de simples bourgeois – le père était magistrat. C'était ce même homme qu'on retrouvait en Acadie, dans la Nouvelle-France, la colonie du royaume en Amérique du Nord entre les XVIe et XVIIIe siècles. C'est de là, et dès 1683, que commencerait son odyssée dictée par le rêve d'étendre la colonie française jusqu'à la rivière Détroit. Il réussit à convaincre la France de lui faire confiance, non sans horripiler la compagnie de la colonie à laquelle on avait attribué la concession. Nouvel homme fort de la région, Antoine de Lamothe-Cadillac débarqua avec des soldats, une poignée d'hommes et de femmes venus de Montréal, pour enfin bâtir, en 1701, les fondations du fort de Pontchartrain, dont il assurerait lui-même le contrôle, ainsi que celui du commerce de fourrure.

Nous riions de la folie des grandeurs de cet homme, qui, à l'instar d'un dictateur de mon continent d'origine, se voulait marquis sur ses terres et rêvait d'un gouvernement autonome ! Si ses prétentions avaient été rejetées, c'était parce que, à l'évidence, même s'il travaillait pour la France, il gardait des accointances avec les Anglais et les Canadiens, manière d'amadouer les rivaux susceptibles de s'opposer à ses desseins, et surtout de traiter avec eux en sourdine. Malgré la fermeté du ministère des Colonies à son égard, notre aventurier ne fut pas inquiété et fut nommé gouverneur de la Louisiane en 1710 ! Mais son étoile commença à pâlir lorsque la France le rapatria sept ans après sa nomination en Louisiane afin qu'il soit jugé pour ses positions à l'encontre des intérêts de la colonie, et surtout de ceux de la France qui le taxait d'avoir privilégié son profit personnel.

Détenu à la Bastille en attendant son jugement, il fut libéré un an plus tard. De nouveau en cour et fréquentable, il fut décoré pas le roi qui lui confia jusqu'à sa mort la gouvernance de la ville de Castelsarrasin, dans le sud-ouest de la France, à proximité de son village.

Il méritait cette rédemption, il méritait la reconnaissance de la France, car, en plus de la fondation de Détroit, Antoine de Lamothe-Cadillac avait initié des rapports commerciaux avec le Mexique et découvert une mine de cuivre dans l'État de l'Illinois…

Tayrin, qui avait appris cette histoire au lycée, conclut alors, non sans faire jouer la fibre patriotique, que l'Amérique avait aussi exprimé sa gratitude au Français en donnant son nom aux fameuses voitures Cadillac, un hommage rendu en 1902, lors de la célébration du bicentenaire de la ville. Depuis la commémoration du tricentenaire, on trouvait au 3 Atwater West, à quelques pas de la Ford Motor Company et non loin du Detroit-Windsor Tunnel qui traverse le fleuve Détroit et relie la ville au Canada, une statue dédiée à Antoine de Lamothe-Cadillac.

Je finissais toujours par capituler :

« Oui, je suis d'accord avec toi, Détroit, c'est un peu la France… »

Il me faut rappeler Sosthène, m'excuser de lui avoir raccroché au nez quand il m'a appris la mauvaise nouvelle.

Il se montre très compréhensif :

« Frère, me dit-il, je ne voulais pas gâcher ta journée. L'enterrement, c'est après-demain. C'est mieux que tu ne viennes pas, tu sais que son père est un peu spécial et a des préjugés sur nous autres, les Africains… »

Les clefs

Mon amie Nadège, venue de Nantes pour une dizaine de jours en Californie, se sent coupable. Elle a oublié les clefs à l'intérieur de l'appartement au moment où nous sortions pour déjeuner à Little Ethiopia.

Un serrurier arrive. Il est jeune, la vingtaine.

Il a un accent particulier dont nous essayons de deviner l'origine. Quand il téléphone à l'un de ses collègues, Nadège m'assure qu'il parle en hébreu.

Je prête l'oreille. Oui, c'est bien ça, je ne peux me tromper. J'ai été à Tel-Aviv deux fois. La première au moment de la remise d'un prix décerné à la traduction de *Mémoires de porc-épic* en hébreu. La seconde au moment de la parution de *Verre Cassé*, et, lors de ce dernier voyage, j'ai eu le privilège de voir l'acteur israélien du *Cochon de Gaza*, Sasson Gabai, lire mon texte au théâtre Cameri de Tel-Aviv, plein à craquer.

Je reconnais donc la langue. Nadège obtient confirmation auprès du serrurier.

Il passe un câble en arc sous la porte dans l'espoir d'attraper la poignée de l'autre côté. Le câble est trop court, le serrurier nous demande une corde.

Nadège et moi nous regardons, incrédules. Comment un professionnel peut-il réclamer un outil de travail à ses clients ? C'est mauvais signe.

Le voilà qui sue, chantonne dans le but de masquer son impuissance. Il va devoir percer la serrure, nous prévient-il. On n'a pas le choix.

Il est arrivé aux alentours de seize heures. Il travaille depuis maintenant trois heures. Nous devrions être de retour du restaurant pour regarder le match de basket qui oppose les Los Angeles Clippers à l'équipe des Celtics de Boston. Je surveille le score sur mon téléphone.

L'homme perce, le bruit résonne dans tout l'immeuble.

L'époux de ma voisine coréenne du rez-de-chaussée, l'Américain Jason, vice-président de notre association de copropriétaires, est inquiet. Je l'aperçois qui erre dans la grande cour. Il me fait des signes, propose son aide. Depuis le troisième étage, je m'époumone presque pour lui expliquer que tout va bien, que j'ai simplement oublié mes clefs à l'intérieur de l'appartement.

Notre patience est à bout.

Le désespoir se lit sur le visage du serrurier qui se tourne vers nous et annonce qu'un de ses collègues arrive à la rescousse dans moins de cinq minutes. Il descend l'accueillir dans la rue.

Il revient avec un jeune homme plus petit que lui, mais visiblement plus professionnel : il a un gros sac d'outils. Les deux hommes échangent longuement en hébreu avant que celui censé être notre sauveur inspecte la porte, regrettant manifestement que son collègue ait tout bousillé à force de percer. Quand il parvient enfin à ouvrir, c'est pour nous annoncer qu'il lui faut remplacer la serrure. Malin, c'est à ce moment qu'il nous parle du prix.

Je manque de m'écrouler : 481 dollars. Là encore, il n'y a pas le choix, il me faut bien une nouvelle serrure.

Je lui explique que c'est son collègue qui a privilégié la manière forte et tout endommagé. Rien à faire. Mes arguments n'ont aucun succès, j'ai la corde au cou.

J'accepte la note salée pour mettre un terme à cette escroquerie, mais refuse de payer en espèces. J'impose un règlement par carte bancaire ou par chèque afin de laisser une trace et d'être certain que c'est le tarif habituel de l'entreprise qui les envoie. Ils sont embêtés, multiplient les conciliabules en hébreu. Ils s'attendaient à de l'argent frais et me le font savoir. Ils sont bien conscients d'avoir forcé sur le prix. Mais, à malin, malin et demi, l'homme ne peut pas refuser mes moyens de paiement. Il s'éloigne pour passer un coup de fil à sa société.

Puis il se remet à l'ouvrage, pose une nouvelle serrure. Le match de basket-ball est à la mi-temps. Il est huit heures du soir. La réparation arrive enfin à terme.

Je présente ma carte bancaire. Nadège tient à participer et sort également la sienne. De nouveaux conciliabules nous font perdre une autre demi-heure.

J'hésite un moment à verser un pourboire et laisse un billet de vingt dollars. Ils disent à peine merci et décampent.

Mon voisin Jason vient frapper à ma porte.

Il est convaincu qu'on s'est fait avoir par des amateurs. On n'aurait pas dû payer plus de deux cents dollars, ces ouvriers n'étaient pas obligés de percer. Une méthode paresseuse, conclut-il. À l'avenir, il faudra que je fasse appel à lui, il a des connaissances en matière de serrurerie.

Je le remercie en me murmurant qu'il n'y aura pas de prochaine fois.

Les Celtics de Boston mènent, et, au regard de l'intensité du jeu, je sens que les Los Angeles Clippers vont perdre malgré la présence de leur meilleur joueur, Kawhi Leonard…

La nécropole des rêves

Pour souffler un peu, mais aussi pour mieux profiter de cette dizaine de jours de répit universitaire avant d'entamer le semestre suivant, j'ai pris la route ce matin.

J'ai traversé des localités que je ne connaissais que de nom comme Anaheim, Santa Ana, San Clemente, Encinitas, le long de l'océan Pacifique jusqu'à San Diego, avant d'arriver enfin à Tijuana, en Basse-Californie.

Certains assimilent ce lieu à « Miami », sans doute à cause de ses plages et des mouvements de population d'un pays à un autre, car ici on tombe forcément sur l'interminable clôture métallique qui sépare le Mexique de la Californie. À certains endroits, cette barrière est peinte dans des couleurs ardentes, qui atténuent l'atmosphère tragique, mais plus loin surgissent, dessinés avec un sens du détail respectueux et mélancolique, les visages de celles et ceux qui ont risqué leur existence et péri en tentant la traversée. La clôture s'enfonce loin dans l'océan Pacifique afin de mieux décourager les centaines de migrants illégaux mexicains attirés par San Diego, la splendide agglomération côtière qui leur fait face.

Les oiseaux passent du Mexique aux États-Unis en quelques battements d'ailes, puis se posent fièrement sur les cocotiers. Ces oiseaux sont-ils mexicains ou américains ? Se couchent-ils ici ou là-bas ?

Devant ce spectacle, je pense inévitablement à la traversée de la Méditerranée par les migrants africains ; je pense aux alertes lancées par le Haut-Commissariat des Nations unies pour les réfugiés, notamment dans leur rapport « Voyage du désespoir » évoquant la disparition de milliers de malheureux qui espéraient gagner l'Europe dans le seul but d'améliorer le cours de leur existence. Après la Grèce et ses huit cent mille réfugiés en 2015, l'Italie et ses cent quatre-vingt mille en 2016, c'est désormais l'Espagne qui en 2018 a accueilli vingt-deux mille personnes prêtes à risquer leur vie. Le souvenir du bateau de sauvetage *Salvamar Arcturus* errant dans le détroit de Gibraltar est encore frais en moi. Des femmes, des enfants qui regardent avec émotion les bénévoles de la Croix-Rouge leur prodiguer les premiers soins.

Tijuana garde le secret de ses aventuriers.

Derrière cette frontière grillagée, rongée par les eaux, il y a un autre mur pourvu de détecteurs électroniques, et la présence peu discrète de la police américaine, prompte à repousser sans ménagement le téméraire qui aura surmonté le premier obstacle. Une femme noire, coiffure afro, plante le trépied de son appareil photo dans le sable de la plage curieusement déserte en ce début d'après-midi. Elle abandonne sans crainte son matériel, s'oriente d'un pas ferme vers le Café Açai où elle rejoint quelques troubadours mexicains qui viennent de terminer leur spectacle dans l'établissement à moitié vide et qui discutent entre eux, chacun avec son instrument à la main. Ce qui me semble être une négociation entre cette femme et les troubadours ne dure pas longtemps, elle les ramène avec elle en file indienne pour une pose près de la cloison métallique.

De mon poste d'observation, je peux les entendre. En américain, elle leur explique qu'elle est originaire de San Diego et qu'elle n'est pas là pour les présenter sous un mauvais jour. Bien qu'elle ne dévoile pas le but de son entreprise, les musiciens mexicains paraissent lui faire confiance et s'exécutent sans broncher.

Je la photographie pendant qu'elle s'affaire avec ses « sujets ». Je ne sais pas à quoi me serviront ces images, mais elles me rappelleront cette plage où je mets les pieds pour la première fois et qui, pour des milliers de migrants, représente la nécropole de leurs rêves…

Mauvaises nouvelles

Les images du cauchemar qui a hanté mon sommeil persistent bien après mon réveil : j'étais poursuivi par un gigantesque serpent noir à la tête humaine. Le reptile, plaintif et désespéré, m'appelait par mon nom. Pas question de me retourner, je courais à perdre haleine, dents serrées, j'escaladais des murs, retombais de l'autre côté, soulagé d'avoir semé la bête. C'était le moment de souffler. J'ai fermé les yeux quelques secondes, mais, en les rouvrant, j'ai découvert la créature mi-homme, mi-bête à mon côté. Enroulée sur elle-même, en larmes. Et, bientôt, nous avons pleuré ensemble.

Ma mère, qui aimait expliquer les songes des membres de la famille, n'aurait pas hésité sur le sens de celui-ci. Dans notre tribu des Bembés, un tel cauchemar signifiait que, envoyé par le Tout-Puissant, Nzambi Ya Mpungu, un de nos ancêtres, venait nous apprendre de mauvaises nouvelles. Le bestiaire de nos rêves obéit à une hiérarchie précise. Pour les événements anodins, notre Dieu enverra des animaux domestiques, en particulier les chiens ou les chats, dont les aboiements ou les miaulements feront penser à des pleurnichements d'enfant… Mais le serpent recèle toute la noirceur du monde.

J'aimais l'interprétation des songes délivrée par ma mère, pour son naturel poétique ; j'étais moins convaincu par leur dimension prémonitoire. Mais, lorsque le téléphone a sonné de bonne heure, affichant un numéro français, celui de mon ami Paul qui vit à Lyon, j'ai pressenti la gravité de son appel. Nous n'avions pas communiqué depuis un an, et cette dernière conversation concernait une escapade aux États-Unis avec son épouse. J'avais accepté de les héberger et je leur avais fourni une attestation à cet effet afin de faciliter les démarches administratives. Paul avait finalement abandonné ce projet après de multiples complications à l'ambassade américaine qui mettait en doute l'objet du voyage…

« Les Américains pensent toujours que tout le monde veut s'installer chez eux ! Ils ont contesté le document de ma femme en disant que c'était un visa touristique et que rien ne prouvait qu'elle ne disparaîtrait pas dans la nature une fois arrivée à Los Angeles… »

Paul est un ami d'enfance, nos parents se connaissaient bien et, avant de quitter le pays pour la France, j'ai vécu chez lui. Nous nous rendions ensemble à pied au lycée Karl-Marx. Nous partagions les mêmes lectures, et je lui dois mon amour pour la poésie française. Ses poètes préférés étaient Alfred de Musset et Alfred de Vigny, ses « deux Alfred », disait-il. Alors que nous marchions vers le lycée, et pour nous distraire de la route, il me récitait des passages entiers de « Nuit de mai » ou de « La mort du loup ». Il convoquait également ses poètes pour faire la cour aux filles. Le plus souvent, ses conquêtes ne résistaient pas. Paul et moi rêvions de devenir avocats, de poursuivre notre scolarité en France, puis de revenir servir la justice de notre pays. Ayant tous deux obtenu une bourse de notre gouvernement, nous avons voyagé dans le même avion en 1989 pour entamer des études supérieures en droit privé à l'université de Nantes.

Paul est comme un frère aîné pour moi, je sais lire entre ses mots.

J'anticipe donc :

« Qui est mort ? »

Il observe un silence et lâche :

« Jérémie… »

Je reste sans voix. Jérémie est le compatriote qui nous avait reçus à Nantes. Il préparait alors une maîtrise en biochimie, et il nous avait aidés à trouver le logement sur la place du Commerce que nous partagions avec deux autres compatriotes. Paul et moi dormions dans la même chambre, dans des lits jumeaux, tels des adolescents, et mon ami ne manquait jamais de me charrier parce que j'avais encadré au-dessus de mon lit la photo d'Antoinette, ma dulcinée au pays. Un souvenir romantique que je m'étais empressé d'ôter et de cacher dans un placard après avoir fait la connaissance de Marie-Céline, une fille de Noirmoutier.

Jérémie était en stage dans un laboratoire nantais et, en tant qu'aîné, il venait à notre secours chaque mois, conscient que notre bourse couvrait à peine notre loyer. Le week-end, il nous invitait chez lui avec sa compagne Mélanie. Le jour de leur mariage, nous étions plus d'une centaine de Congolais venus de toute la France, tirés à quatre épingles au point que le maire, dans son allocution, avait dû reconnaître qu'en matière d'élégance personne ne pouvait rivaliser avec cette « armée de Sapeurs congolais ». Le couple avait quitté Nantes deux ans plus tard pour la région parisienne où Jérémie avait obtenu un poste d'ingénieur nutritionniste dans l'industrie agroalimentaire.

Les mots de Paul sont entrecoupés de sanglots. Je n'ai plus revu Jérémie depuis mon installation aux États-Unis. Entre-temps, sa femme et lui ont eu trois filles que je n'ai jamais connues, mais dont Paul était fier d'être le « parrain » et de les entendre l'appeler « papa ».

Paul s'interrompt un moment. Il est dérangé par ses propres enfants dans notre conversation. Il hausse le ton, les prie d'aller dans leur chambre, avant d'entrer dans les détails de cette fin brutale. Jérémie a commencé à ressentir de fortes fièvres, des maux de tête, des complications respiratoires une semaine avant sa mort et il a succombé la veille.

« C'est cette maladie qui frappe la ville de Wuhan, le coronavirus... »

On commence à parler de la pandémie aux États-Unis, mais le président Trump répète avec une assurance sidérante que c'est un « virus chinois ». On apprend au fil des jours que la maladie infectieuse est causée par une souche du coronavirus, le SARS-CoV-2, dont les symptômes les plus inquiétants sont des difficultés respiratoires aiguës. On compte déjà beaucoup de morts chez les patients âgés ou ayant des antécédents médicaux. Mais, pour le président américain, c'est sûr, l'Amérique ne sera pas touchée, et la désignation d'un bouc émissaire étranger n'a rien d'étonnant avec lui.

Trump devrait savoir que, à la fin de la Grande Guerre, la « grippe espagnole » se déclara d'abord aux États-Unis, plus exactement sur la base militaire de Fort Riley dans l'État du Kansas. Elle se répandit dans toute l'Amérique du Nord, puis en Europe lors du débarquement des forces américaines à Bordeaux. Si on l'appela « grippe espagnole », c'est parce que l'Espagne, pays non engagé dans la guerre, et donc non soumis à la censure sur le nombre des morts, fut la seule nation à publier les chiffres de cette tragédie sanitaire qui coûta la vie à plusieurs dizaines de millions de personnes.

Donald Trump affirme également que la peur du coronavirus est alimentée par les démocrates, qui rêvent de l'évincer de la Maison Blanche après avoir échoué à le faire tomber par la procédure d'*impeachment* pour abus de pouvoir et obstruction au Congrès. Face aux pressions sanitaires, et après une quinzaine de morts dues au coronavirus aux États-Unis, le Président finit par envisager d'interdire les vols en provenance de la Chine, alors que la contagion est planétaire. Pour l'heure, à la différence de ce qui se passe dans la moitié du monde, les magasins, les restaurants et les espaces publics restent ouverts, aux États-Unis. Abreuvé par les informations venues de Washington, j'étais persuadé, moi aussi, que ce drame ne concernait que l'Asie.

Je ressens la mort de Jérémie comme une sonnette d'alarme. D'après Paul, le corps de notre « aîné » est resté plus de quarante-huit heures dans sa maison, à l'intérieur d'une housse.

« Tu te rends compte que la famille a dormi avec un cadavre dans une pièce parce que les morgues sont débordées ? »

Il reprend son souffle :

« On va l'enterrer aujourd'hui, mais je ne suis pas autorisé à y assister, les mesures contre la contagion interdisent des rassemblements de plus de dix personnes... »

Une cagnotte a été prévue pour venir en aide à la famille, et Paul me promet de m'envoyer le lien sur Internet afin que j'y participe. Le voilà qui fond en larmes, m'annonce aussi l'hospitalisation de l'artiste congolais Aurlus Mabélé pour la même maladie.

« Il était déjà malade, je suis très pessimiste... »

Paul m'exhorte à enregistrer une vidéo afin de sensibiliser les Congolais au pays, car il craint le pire pour notre continent.

« Tu t'imagines quand ça va frapper l'Afrique ? Ce sera la catastrophe, Alain ! Il faut que tu fasses cette vidéo, les jeunes t'écouteront davantage que les politiciens qui ont mis nos nations à terre... »

Le regroupement familial

Boris et ses deux frères ont emménagé à Toulouse pour vivre le confinement dû au coronavirus auprès de leur mère.

C'est l'aîné qui a pris cette décision sans m'en avertir, présumant que je serais d'accord. Ils veulent être ensemble, me dit-il. Il a rendu les clefs de son appartement parisien, rassemblé ses affaires dans sa voiture, puis il a pris la route pour retrouver ses deux frères, Jordan et Adonis, déjà installés en province dans un studio à deux pâtés de maisons de leur mère.

Cette résolution me paraît sage, mais j'insiste néanmoins sur le fait qu'ils doivent observer une hygiène permanente, éviter de vadrouiller avec leurs amis, ne sortir que pour les nécessités de la vie quotidienne. Boris me rassure, il veille, et même le dernier de la fratrie, Adonis, a cessé les répétitions avec son groupe de rap. Quant à Jordan, il est tellement hypocondriaque qu'il occupe ses heures à tout nettoyer dans la maison et porte des gants de cuisine qu'il n'enlève qu'au moment d'aller au lit.

« Il ne fait confiance à personne, même pas à lui », tente de plaisanter Boris.

J'ai un déplacement à venir pour Londres. Je prévois de passer par la France afin de voir mes fils.

Boris s'inquiète et me supplie d'annuler ces voyages.

« Normalement, tu dois aussi arrêter d'enseigner ; ici, les établissements scolaires et l'université ont interrompu les cours… »

Je lui apprends que je n'enseigne pas ce semestre. J'ai pris un congé sabbatique pour écrire et effectuer des voyages. Il est choqué qu'en Amérique aucune mesure de lutte ne soit prise contre ce fléau qui s'annonce ravageur. Pour toute réponse, je lui envoie des photos de moi au soleil, sur la plage de Venice Beach…

Il a déjà appris la mort de Jérémie, son « tonton » qui le prenait dans ses bras pour l'emmener acheter des pâtisseries dans une boulangerie de la porte d'Ivry.

« Il était bien sapé, avec des chaussures Weston bordeaux et des costumes rose bonbon, et toi, tu t'habillais comme lui », rigole-t-il.

J'entends sa mère, derrière, lui souffler d'autres souvenirs, puis Jordan qui ajoute son grain de sel sur l'artiste Aurlus Mabelé, dont la musique a baigné son enfance. Jordan a lu tout ce qu'il pouvait trouver sur les réseaux sociaux et me confie que sa fille, Lisa Monet, une métisse congolo-réunionnaise, est également artiste et que je devrais écouter sa musique. Je promets de le faire.

« Mais c'est pas de la musique congolaise, c'est du rap, hurle dans le fond Adonis.

— Et alors ? Tu crois que papa n'écoute pas de rap ? », rétorque Boris.

Ces disputes jettent sur la situation un semblant de normalité. Je les embrasse tous, je les rappellerai demain.

Avant de raccrocher, Boris me dit :

« Au fait, j'ai écouté le message sur la pandémie que tu as adressé aux Congolais sur les réseaux sociaux, c'est bien d'y avoir pensé parce que ça risque d'être très difficile là-bas… »

L'Amérique est une fiction

Pia Petersen est de retour à Los Angeles.

Elle ne souhaite pas qu'on aille déjeuner au Pain quotidien à Larchmont Village. Elle préfère que nous restions dans mon quartier, près du métro.

Je me réjouis, car je ne tiens pas à vadrouiller pendant des heures comme lors de notre dernière balade.

« Tu es content de ne pas marcher, hein ? », rigole-t-elle.

Elle a passé un moment chez moi à jouer avec Moki. Le courant passe bien entre elle et mon chien.

Je lui propose le Cafe Loft sur la West 6th Street, l'un des rares établissements qui me rappellent un peu les cafés de Saint-Germain-des-Prés. Sans doute à cause des boiseries, des vieux meubles, des fauteuils en velours et du petit bar. À ceci près qu'il y a une télévision branchée sur CNN…

Pia a commandé un sandwich au thon, et moi une salade de tofu.

On évoque la France, les difficultés du gouvernement face à la grogne sociale. Du coq à l'âne, elle m'apprend qu'elle a croisé mon ami l'écrivain Dany Laferrière dans un salon du livre à Nancy.

J'ai connu Dany en 1996. Comme Pia, je l'ai rencontré dans un salon du livre, cette fois à Paris, alors que je signais mon premier recueil de poèmes. Il ne me connaissait pas, on s'en doute, et pour ma part je n'avais lu de lui que son premier roman, *Comment faire l'amour avec un nègre sans se fatiguer*. Sans doute parce que, comme tout le monde, je m'étais laissé piéger par ce titre décapant, croyant découvrir enfin les subtilités et l'art de l'endurance sexuelle ! Or c'était un livre qui évoquait d'autres livres, la musique – et surtout la condition de l'écrivain, ses déboires, son entourage. L'écriture m'avait ouvert d'autres horizons. Là où certains croyaient déceler de la « légèreté », je découvrais un projet au long cours, un choix esthétique très fort, le début d'une « autobiographie américaine », un auteur libre, débarrassé du fardeau que portent d'ordinaire les écrivains noirs : témoigner de leur condition collective sans laisser la moindre place à l'expression individuelle.

Quelques jours avant notre rencontre, je l'avais regardé à la télévision dans l'émission « Apostrophe », la messe littéraire qu'animait Bernard Pivot. J'avais l'impression que ses grands gestes, son rire, son regard m'étaient destinés. Partager cette table de libraire n'était pas un hasard : nos destins s'étaient croisés. Comme pour donner raison à mon intuition, il s'était mis en tête de fourguer mes recueils à son lectorat qui lui répondait gentiment préférer « les histoires » à la poésie. Dany me consolait à sa manière, me disant que la littérature n'était pas une course, qu'il fallait éviter les ascenseurs au risque d'arriver trop vite au dernier étage alors qu'on ignore le mécanisme de l'appareil.

Il me remit une carte de visite et, dès ce jour, nous n'avons plus cessé de nous écrire ou de nous côtoyer, chez moi au Congo ou chez lui en Haïti.

C'est à Port-au-Prince, où nous étions invités pour un festival littéraire, que nous avons partagé un avocat. Sa mère le lui avait envoyé depuis la commune de Petit-Goâve où elle résidait, et son cousin avait fait le déplacement pour nous livrer le fruit dont Marie Nelson Laferrière n'oubliait pas que son fils était friand.

Nous étions logés à l'hôtel Karibe. J'avais quitté ma chambre pour rejoindre Dany dans la sienne. Il avait déjà découpé l'avocat en petits morceaux. Alors que nous mangions en silence, je vis la grande cicatrice qui balafrait l'existence de Dany et qu'il avait dû soigner patiemment par la littérature.

Au milieu des années 1970, en effet, jeune journaliste, il avait dû fuir la dictature qui sévissait en Haïti sous le règne de la famille Duvalier. Il suivait le chemin pris par son père un peu plus tôt. Si ce dernier s'était exilé à New York, Dany avait choisi Montréal, où il avait exercé des tas de petits boulots pour survivre. La journée, il était à l'usine, le soir, il tapait avec rage sur sa machine à écrire d'où sortirait en 1985 ce premier roman, *Comment faire l'amour avec un nègre sans se fatiguer*, qui fit grand bruit à Montréal.

Dany s'imposa d'emblée comme la voix la plus originale du paysage littéraire québécois. Le monde entier se mit à lire ce jeune auteur iconoclaste, traduit dans une quinzaine de langues. Il évoquait de manière frontale les aberrations et les hypocrisies sexuelles de l'Amérique du Nord, la fascination des « nègres » pour les blondes, l'homme noir n'ayant d'autre moyen de renverser la hiérarchie des pouvoirs, de véritablement prendre le dessus sur l'homme blanc qu'en touchant sa femme, et de préférence blonde, afin de mieux marquer le contraste entre les deux peaux.

Laferrière s'était fait naturaliser québécois pour être en accord avec sa vision d'une littérature libre d'habiter n'importe quel territoire, pourvu que celui-ci hébergeât ses songes, mais aussi, me dirait-il, parce que le Québec ne les avait jamais colonisés, lui et son île. Cette patrie lui en serait reconnaissante : il reçut en 2006 le prestigieux prix du Gouverneur général.

Comme tout écrivain francophone, Dany se devait néanmoins de partir à la conquête de Paris. En 2009, il obtint le prix Médicis pour *L'Énigme du retour*. Ému par ce livre autobiographique sur son retour en Haïti, avec en toile de fond l'image de son père qui venait de mourir, je m'empressai d'écrire pour le *Figaro littéraire* l'une des premières recensions sur cet ovni littéraire rédigé quasiment en « vers libres ». Dany en fut touché, car il semble au fond de lui placer cette œuvre au-dessus de toutes celles qu'il a produites jusqu'à présent. Depuis, il n'a cessé de réfléchir sur l'écriture dans *Je suis un écrivain japonais* (2008), *Journal d'un écrivain en pyjama* (2013), *L'Art presque perdu de ne rien faire* (2014). En 2013 il a atteint l'immortalité puisqu'il a été élu à l'Académie française. Il siège dorénavant dans le fauteuil qu'occupa Montesquieu, puis Alexandre Dumas…

Pia a rencontré Laferrière, et je décèle néanmoins de la désolation sur son visage. Elle se dévoile :

« Je lui ai appris que j'étais ta grande amie, et tu sais ce qu'il m'a répondu ? Eh bien, il m'a dit, avec un air distant, que tout le monde prétendait la même chose ! J'étais choquée et je suis repartie. »

Je la calme et lui promets que je ferai les présentations un jour.

« Tu sais, j'aime bien Dany, mais là, il m'a vraiment déçue… »

J'essaie de la persuader que Laferrière n'a pas le melon et qu'elle a peut-être mal compris son humour.

« Non, je te jure qu'il était très sérieux, le visage bien fermé ! »

Pour l'apaiser, je demande des nouvelles de ses logeurs à Studio City et lui reprécise que ma porte lui sera toujours ouverte si elle le souhaite.

Mais ses logeurs sont en train de construire un petit studio au bout de leur cour, et c'est elle qui le louera. Elle exulte, semble avoir oublié pour de bon sa déconvenue avec Laferrière…

Le jour tombe, et le café grouille de monde.

Pia me parle maintenant de l'avancement de son roman sur l'Amérique et me demande où j'en suis de mes notes sur Los Angeles.

Je lui dis que je n'en sais rien, que j'écris au gré de mon humeur.

« C'est un roman ? Ce sera ton premier sur l'Amérique, alors !

— Non, ce n'est pas un roman…

— Ah bon ? C'est quoi donc ?

— Des rumeurs…
— Des rumeurs de quoi ?
— D'Amérique… »

Après quelques secondes de silence, elle regarde sa montre, se lève, attrape son sac et soupire :

« Il était temps, ça fait quand même un bout de temps que tu vis dans ce pays ! De toute façon, l'Amérique est une fiction… »

Du même auteur

Au jour le jour, Maison rhodanienne de poésie, 1993

La Légende de l'errance, L'Harmattan, 1995

L'Usure des lendemains, prix Jean-Christophe de la Société des poètes français, Nouvelles du Sud, 1995

Les arbres aussi versent des larmes, L'Harmattan, 1997

Bleu Blanc Rouge, Grand Prix littéraire de l'Afrique noire, Présence africaine, 1998

Quand le coq annoncera l'aube d'un autre jour..., L'Harmattan, 1999

L'Enterrement de ma mère, Éditions Kaléidoscope (Danemark), 2000

Et Dieu seul sait comment je dors, roman, Présence africaine, 2001

Les Petits-Fils nègres de Vercingétorix, Le Serpent à Plumes, 2002

Contre-offensive (ouvrage collectif de pamphlets), Pauvert, 2002

Nouvelles voix d'Afrique (ouvrage collectif de nouvelles), Éditions Hoebeke, 2002

African psycho, Le Serpent à Plumes, 2003

Nouvelles d'Afrique (ouvrage collectif de nouvelles accompagnées de photographies), Gallimard, 2003

Tant que les arbres s'enracineront dans la terre, L'Harmattan, 1995, et Mémoire d'encrier (Canada), 2004

Tant que les arbres s'enracineront dans la terre, suivi de *Congo*, Points, 2005

Verre Cassé, prix Ouest-France/Étonnants Voyageurs 2005, prix des Cinq Continents 2005, prix RFO 2005, Seuil, 2005

Vu de la Lune (ouvrage collectif de nouvelles), Gallimard, 2005

Mémoires de porc-épic, prix Renaudot 2006, prix de la Rentrée littéraire 2006, prix Aliénor d'Aquitaine 2006, prix Artistes du monde du ministère français des Affaires étrangères 2006, Seuil, 2006

Lettre à Jimmy, Fayard, 2007

Black Bazar, Seuil, 2009

L'Europe depuis l'Afrique (avec Christophe Merlin), Naïve, 2009

Anthologie. Six poètes d'Afrique francophone (direction d'ouvrage), Points, 2010

Ma Sœur-Étoile (illustrations de Judith Gueyfier), Seuil Jeunesse, 2010

Demain j'aurai vingt ans, prix Georges-Brassens 2010, Gallimard, 2010

Écrivain et oiseau migrateur, André Versaille éditeur, 2011

Le Sanglot de l'homme noir, Fayard, 2012

Tais-toi et meurs, La Branche, 2012

Lumières de Pointe-Noire, Seuil, 2013

Petit Piment, Seuil, 2015

Lettres noires, des ténèbres à la lumière – Leçon inaugurale, Fayard/Collège de France, 2016

Le monde est mon langage, Grasset, 2016

Penser et écrire l'Afrique aujourd'hui (direction d'ouvrage), Seuil, 2017

Les cigognes sont immortelles, Seuil, 2018

Dictionnaire enjoué des cultures africaines (avec Abdourahman Waberi), Fayard, 2019

Huit leçons sur l'Afrique, Grasset, 2020

Remerciements de l'éditeur

À Élisabeth Samama, pour cet ouvrage publié avec sa complicité.

Pour en savoir plus
sur les Éditions Plon
(catalogue, auteurs, vidéos, actualités...),
vous pouvez consulter
www.plon.fr
www.lisez.com

lisez!

et nous suivre sur les réseaux sociaux

Editions Plon

@EditionsPlon

@editionsplon

FSC
www.fsc.org
MIXTE
Papier issu de
sources responsables
FSC® C003309

L'Éditeur de cet ouvrage s'engage
pour la préservation de l'environnement
et utilise du papier issu de forêts gérées
de manière responsable.

CET OUVRAGE A ÉTÉ ACHEVÉ D'IMPRIMER SUR ROTO-PAGE
PAR L'IMPRIMERIE FLOCH À MAYENNE EN JUIN 2020

Dépôt légal : août 2020
N° d'impression : 96350
Imprimé en France